転生幼女は
前世で助けた
精霊たちに懐かれる
抱きしめられると温かくて、いい匂いがする。
声が優しそうで心地好い。
ルイサはたちまち母のことが好きになった。

グラーフ・
ヴァロア・
ファルネーゼ
ルリアの父。
第二王子にして
大公爵。
アマーリア・
ファルネーゼ
ルリアの母。
彼女の成長を優しく
見守る。
ダーウ
巨大なわんこ。
正体は精霊たちを
守護するフェンリル。
コルコ
大きなニワトリ。
守護獣の一体。
実は好戦的。

ギルベルト・
ヴァロア・
ファルネーゼ
ルリアの兄。
妹のことが大好き。
リディア・
ファルネーゼ
ルリアの姉。
妹ととっても仲良し。
ルリア・
ファルネーゼ
元気で動物好きな
大公家の娘。
前世は聖女。
キャロ
プレーリードッグ。
守護獣の一体。
意外と策士。

「せいれいたち、
力をかして」
あたしがお願いすると、
周囲に沢山いる幼い精霊たちが
魔力を貸してくれる。
『まかせるのだ』
クロ
羽の生えた黒猫。
精霊たちの王。

転生幼女は
前世で助けた
精霊たちに懐かれる
1
著／えぞぎんぎつね
イラスト／keepout

CONTENTS

転生幼女は前世で助けた精霊たちに懐かれる

序章　真の聖女が厄災の悪女と呼ばれるようになったわけ

精霊に愛されし国と呼ばれるオリヴィニス王国。

その王都の中央広場には、疫病に苦しむ数千の民が集まっていた。

民の視線の先には、豪奢で美しいドレスと華やかなティアラで着飾った聖女たる王女がいる。

「神の名のもとに我に従え。精霊よ！　いまここに神の奇跡の顕現を！」

聖女たる王女は神の名のもとに精霊に命じ、一気に数千の民に治癒魔法を行使した。

これほどの大規模な魔法の行使など常識では考えられない。

まさに聖女は規格外な存在なのだ。

「おお、体が楽になっていく……」「ありがてえ」「神様、聖女様……」

たちまち、数千人の病が癒されていく。

「皆さまに神の祝福を」

聖女たる王女が慈愛に満ちた笑みを浮かべると、王族の象徴たる美しい銀髪が風になびいた。

それはまるで宗教画のように美しく、民が王女を聖女だと信じるに充分な光景だった。

……王女が乗って来た馬車のそばにもう一台馬車があることには、誰も気に留めていなかった。

もう一台の馬車の中には、男と少女が乗っていた。

少女の首には「隷属の首輪」がはめられている。

「隷属の首輪」は、主に奴隷や犯罪者にはめて命令を遵守させる魔道具だ。

「聖女」たる王女が神に祈っていたちょうどそのとき、男が少女の顔を鞭《むち》で打った。

「おい、クズ。命令だ。病気の民たちを全員癒せ」

「……はい」

少女は逆らわず、馬車の中から広範囲に治癒魔法を行使する。

「聖女」たる王女のセリフに合わせて、数千人の病を癒していく。

「よかろう」

また男は少女を鞭で打った。意味はない。ただいじめるために打っているのだ。

真の聖女たる少女が調子に乗らないようにするというのが、鞭で打つ名目である。


少女の名はルイサ。

先王の娘にして、現王の姪。かつてはルイサ・オリヴィニスと呼ばれていた元王女だ。

十年前、ルイサが五歳だったときのこと。

名君だった父と優しかった母が、叔父である現王に殺され、ルイサも死んだことにされた。

現王はルイサも殺すつもりだったが、聖女の力は便利すぎた。

数千の魔物を一人で倒し、大勢の疫病患者を癒し、干魃の際は豪雨を降らせることができる。

だから、ルイサを死んだことにして「隷属の首輪」で支配することにした。

先王の暗殺に協力し国教となった「唯一神の教会」

その聖女とされている王女のかわりに、ルイサは奇跡を行使させられていた。

住処は家畜小屋。

見られても王女だとばれないよう顔を殴られ、抵抗する気力を奪うため食事は三日に一度。

普通ならばとっくに死んでいる環境だった。

だが、ルイサは真の聖女。

『るいさー。しなないで……』

ルイサにしか見えない精霊が、ルイサにしか聞こえない声で元気づけてくれた。

精霊たちは、人間たちから罵倒しかされないルイサの話し相手になり精神的に支えてくれる。

三日に一度、少量の食事しかもらえないルイサの肉体を補うために魔力をくれるのだ。

「だいじょうぶだよ。ロア」

ロアというのは、精霊王の名だ。

自然そのものである精霊を統括する存在で、赤い小さな竜の姿をしている。

『ぼくたちが……直接世界に力を及ぼすことができたなら、隷属の首輪も壊せるのに』

「しかたないよ」

精霊は物理的な存在ではない。生物を介さないと世界に力を及ぼすことはできないのだ。

「私はだいじょうぶ。だいじょうぶだから、あんしんして」

「うっせえぞ！　ひとりごといってんじゃねえ！」

精霊の声が聞こえない男が鞭でルイサを打つ。

ルイサはいじめられても、じっと耐えていた。

幼いときから徹底的にいじめられ、抵抗する気力を奪われていたというのもある。

それに自分がいじめられることで、民が救われるならそれでもいいと、あきらめてもいた。

民は、優しかった父母が大切にしていた存在なのだから。


治癒魔法で疫病を癒した数日後。

ルイサは「唯一神の教会」総本山の壁も天井も床も全てが石でできた広い部屋に連れてこられた。

その部屋の中央には何に使うのかわからない巨大な魔道具らしきものがあり、壁際にはその魔道具から繋《つな》がった円筒状の金属製の筒が並べられている。

そして、部屋の中には綺麗な服を着た唯一神の教会の聖職者が沢山いた。

『るいさ、嫌な予感がする』

精霊王ロアが心配そうに呟いた。

そんなロアが見えるわけがない聖職者が言う。

「ここに手を触れて魔力を流しなさい」

わけもわからずルイサが魔力を流す。すると、

『『ぎゃあああああああああああああああ！』』

ルイサにしか聞こえない、耳をつんざくような精霊の悲鳴があがった。

どうやら、金属製の筒の中には精霊が入っているらしい。

「えっ」

慌ててルイサは魔力を止める。

「魔力を止めるな。命じる。ここに魔力を流しなさい」

凄まじい強制力。だがルイサは血を吐きそうになりながら、歯を食いしばって耐えた。

『なんていうことだ。精霊を殺して……結晶にする気だ……』

物理的な存在ではない精霊は、殺すことも捕らえることもできないはずだ。

「どういうこと?」

ロアに尋ねたのだが、自分が尋ねられたと思った聖職者が楽しそうに語り始める。

「魔物を殺して魔石を取り出すように精霊を殺して精霊石を取り出すんだ。画期的だろう?」

聖職者は誇らしげに新技術を語っていく。自慢したくて仕方ないのだろう。

説明を聞いても、ルイサには難しくてよくわからなかった。

だが、唯一神の教会が、精霊を捕らえて殺す技術を編み出したことはわかった。

「なぜ、そんな、恐ろしいことを……」

「なぜ?　愚問だ。人が自由に奇跡を使えた方がいいだろう」

「そんなことのために……」

「精霊は、神の名のもとに人に支配されるべき存在なんだ」

それは唯一神の教会の基本教義だ。だから聖職者たちはそれが正しいと信じ込んでいた。

「並みの人間の魔力では精霊を殺すには足りないんだ。命令だ。さっさと魔力を流して精霊を殺せ」

「やだ！」

隷属の首輪をつけられて十年。初めてルイサは逆らった。

十年間、ルイサの名を呼んでくれたのは精霊たちだけだ。優しくしてくれたのも精霊たちだけ。

そんな精霊たちに苦痛を与えて殺すなんて、ルイサは絶対にしたくなかった。

隷属の首輪の強制力に逆らうと、ひどい苦痛に襲われる。

頭を鈍器で殴られ、内臓にナイフを突きたてられ、全身の骨を砕かれているかのようだった。

そのうえ、意思には関係なく、体が動き魔力を流そうとする。

『ルイサ！　これ以上、隷属の首輪の強制力に逆らったら死んじゃうよ！』

隷属の首輪は魂を縛る呪い。逆らい続ければ、苦しいだけでなく魂が壊れる。

「それ……でも」

『………だいじょぶ、だよ。るいさ……ありがと』

金属の筒に入れられた、先ほど悲鳴をあげた精霊たちがルイサに語りかけてくる。

これまで何度も、ルイサが自分自身に使ってきた大丈夫という言葉を、精霊たちも使う。

『るいさ、いきて。だいじょうぶ』『ぼくは、だいじょうぶだから』

「命令だ！　手を触れて魔力を流しなさい！」

魔力を流そうとしないルイサに、聖職者がしびれを切らして命令を繰り返す。

そのたびに苦痛は増して、ルイサは意識を失いそうになる。

だが、意識を失えば、体が勝手に命令に従ってしまうだろう。

ルイサは時間とともに自分の精神が削られていくのを感じた。

このままだと、自らの手で精霊を殺す羽目になる。

そんなことになるぐらいなら……。

「みんな、だいじょうぶだよ」

ルイサは微笑んだ。

『ダメ！　絶対ダメ！』

ロアが泣き叫び、ルイサを止めようとしたが間に合わない。

ルイサは自分の心臓を魔法で撃ちぬいた。

「これでだいじょうぶ。みんなありがと」

ルイサがいなければ、精霊を捕まえることはできても、殺すことはできない。

だから、ルイサは自害した。

聖職者たちが、慌ててルイサを救命しようと治癒魔法をかける。

だが、聖職者ごときの低レベルな治癒魔法で、心臓の壊れたルイサを治せるわけがない。

「……とじこめられたままだとしんどいよね」

ルイサは死ぬ間際に魔法を詠唱した。だが、何も起こらなかった。

「ちっ。死にやがった。つかえねーな」

聖職者が腹立ち紛れにルイサの死体を蹴り飛ばす。

「折角もう少しで悲願がかなうってところだったのによ」

「これどうします？」

「豚の餌にでもしろ」

一人がそういうと、みんな笑った。

次の瞬間。ルイサの体が輝いた。

死の間際に詠唱した魔法が、死してより強い魔法となって発動したのだ。

聖職者たちに逃げる時間はなかった。

ルイサの体は、爆発的に膨張、発熱した。まるで地上に太陽が現われたかのようだ。

あまりの熱で唯一神の教会の施設は、岩の壁も金属の建材も全てが溶解した。

同時に、精霊捕獲の技術の研究成果も研究者も、全てが燃え尽きた。

そして、精霊を閉じ込めていた金属の筒も溶け、精霊たちは無事脱出した。

精霊は物質的な存在ではないので、灼熱では傷つかなかった。

『よくも優しいルイサを。絶対に、絶対に許さぬぞ』

愛し子であるルイサを殺され、ロアも精霊たちも激怒した。

◇◇◇◇

ルイサが死んだあとのこと。

三年間、王都を含めた大都市には雨が降り続き、穀倉地帯には一滴も雨が降らなかった。

大地震が起き、津波が襲来し、複数の火山が噴火した。

国民の三分の一が死に、貴族や民たちは唯一神の教会が神の逆鱗《げきりん》に触れたのだと考えた。

それでも圧政を止めない王家に、ついに貴族と民がクーデターを起こした。

信望をなくしていた王はあっけなくその地位を追われることとなった。

国王一家は聖女たる王女も含め、往来に晒され、民衆の投石により処刑されることとなった。

「厄災の悪女ルイサが！　呪いをまき散らしたのよ！」

聖女とされていた王女が喚いたが、怒り狂った民衆の投石は止まらなかった。

「黙れ！　悪魔が！」「なにが聖女だ！　ふざけんな！」「お前らのせいで俺の息子は！」

「ぎゃあああ、ルイサが、ルイサのせいで！」

石が頭にあたり、皮膚が破け、美しかった銀髪は血塗れになった。

「りゅいざが……」

最後まで王女はルイサのせいだと主張し続けた。

死なないように治癒魔法で傷を癒やされながら、王女は石をぶつけられ続けた。

三日後、歯と全身の骨を折られ、醜く腫れあがった王女は、生きたまま豚の餌にされた。

そしてルイサの名は「厄災の悪女」として伝承と唯一神の教会の聖書に記されることになった。

一章　〇歳　幸せな誕生

ルイサが暗くて狭い場所を抜けると、世界が明るくなった。
だが、ぼんやりとして、よく見えない。
ルイサは混乱した。自分は死んだはずだ。
なぜ生きているのだろう？　そして、なぜ動けないのだろう？
声を出そうとしたら「ふんぎゃあああああ」と赤子のような声が出た。
自分が赤子に？　つまり転生なのかも？
伝説、伝承、昔話。そして神代の魔導師の記録。
そんなものに記されているだけの転生という現象が自分の身に起きた理由は何だろう？
状況を把握するために、ルイサは「んぎゃんぎゃ」と泣きながら周囲を観察する。
相変わらずぼんやりしてよく見えないが、周囲にはぽわぽわした玉が浮かんでいた。
お腹からどこかに繋《つな》がる何かが切れた気がしたあと、温かい何かに抱きしめられた。
「私のかわいい赤ちゃん」
「んぎゃああ（だれ？　はは？）」
どうやらこの人が母らしい。

顔はよく見えない。だが前世の五歳までルイサを慈しんでくれた母に雰囲気が似ていた。

抱きしめられると温かくて、いい匂いがする。声が優しそうで心地好い。

ルイサはたちまち母のことが好きになった。

「ぬぁぁぁ」

どうしても、どうしても、母の顔が見たかったルイサは、視力強化の魔法を無意識に使った。

途端に視界がはっきりする。

はっきり見えた母は、琥珀のように綺麗な茶色い髪と目の色をしていた。

そして、母は苦しそうだった。

「は、はぁ、はぁ……うっ」

息が荒いし、なにより嫌な気配のする黒い靄《もや》のようなものに覆われている。

「いいこね」

母は辛そうなのに、優しい声を出してくれる。

「ふぎゃあ」

「ごめんなさいね。あなたが大人になる姿を見届けたかったのだけど……」

折角会えた母は、まるで今から死にそうな口ぶりだ。

ルイサは母に何かを伝えようとしたが言葉にならない。

「アマーリア……」

綺麗な銀髪と碧《あお》の目。

母とルイサのすぐ側に、前世の王族の特徴を備えた綺麗な顔の三十前後に見える男がいた。

「ふぎゃ！（くんな！）」

王族にいじめられすぎたルイサは威嚇するが、男は気にせず、母の頬に優しく触れる。

「あなた見てあげて。私たちのかわいい赤ちゃんよ」

「……可愛いな。だが……君が……」

「……危険性については、何度も話し合ったでしょう？」

「だが……」

「私が死んだ後、この子にはあなたしか頼れる人がいないのよ？」

「ふぎゃ？（ははは、しんじゃうの？）」

やはり、母は死を覚悟しているらしい。それほど不味《まず》い状態なのだろうか。

赤ちゃんなのでよくわからない。

ルイサは、なんとかできないか、「ふんぎゃあ」と泣きながら考えた。

黒い靄が一体何か、それすらわからない。

「そんな悲しいことを言わないでおくれ……」

「しっかりして。あなたは父親なのだから」

どうやら王族の特徴を備えた男は父で、その父は泣いているらしかった。

そんな父に、母は父としての自覚を持つよう何度も何度も繰り返す。

そして、母は乳房を出した。

ルイサは知らなかったが、この国には生まれてすぐ母乳を飲ませる習慣がある。

それは、母の持つ精霊の加護を子供に与えるという意味を持つ儀式でもあった。

実際には母乳に精霊の加護を与える効果などない。

もっといえば、精霊は赤子が好きなので、放っておいても寄ってくるのだ。

「ふんぎゃああ」

実際ルイサの目の前にはふわふわ浮かぶ精霊がたくさん見えている。

だが、少なくとも母は精霊の加護は母乳で与えられると信じていた。

だから、死ぬ前に、母は命を懸けてでも、ルイサに母乳を与えようとしたのだ。

「……はぁ……はぁ……赤ちゃんは飲んでくれるかしら」

「無理しなくても」

「いいえ、これが私の赤ちゃんに、……私が最後にしてあげられることなの」

母は、悲壮な表情を浮かべてそう言った。

「むぎゅ」

一方、ルイサは、本能的に美味《おい》しそうな気配を感じ乳房に吸い付いた。

気付いていなかったが、お腹が空いていたらしい。

前世では三日に一度しかご飯を食べられなかったから、常に飢えていたのだ。

だから、ルイサはごくごく飲んだ。

「むぎゅむぎゅ……むゅ？」

母を覆う黒い靄が母乳に交ざり、ルイサの中に入ってこようとしていることに気が付いた。

せっかくの美味しい母乳を汚された思いになる。

不快に感じる。赤子のルイサは怒った。

ルイサは「ふぎゃ！（きえろ！）」と強く念じた。

念じても意味はないとルイサは思ったが、同時に念じればなんとかなる気もした。

それは本能的な判断だったのかもしれない。

ルイサが念じた後、あっというまに黒い靄は消える。

黒い靄が消えたことで母乳の味が更に良くなった。抱かれ心地も良くなった。

母の呼吸も楽になっている。だが、まだ万全ではない。

治癒魔法を使えたらいいのだけど、ルイサは赤子なので難しい。

「むぎゅ、むぎゅ、むぎゅ（はは、げんきになってね）」

そう念じながら、うとうとしつつ、母乳を飲んだ。

母の体が、まるで治癒魔法を受けたときのように光ったことに、ルイサは気づかなかった。

ただ、ルイサは凄く疲れた気がした。

「むぎゅむぎゅむぎゅ……」

眠い。だが食い意地が張っているルイサはがんばって母乳を飲んだのだった。

まるで眠りながら母乳を飲むルイサを見て、母アマーリアは微笑んだ。

「……あなた、この子をお願いね」

「まて、アマーリア！　逝くな！」

「少し……疲れちゃったみたい」

そういって、母は大きく息を吐いて目をつぶる。

「むぎゅ……（母はアマーリアというのかぁ）」

いい名前だなぁと思いながら、お腹いっぱいになったルイサも眠りに落ちた。

◇◇◇◇

眠りについた後、ルイサは乳母に抱っこされて乳児用の寝台に運ばれた。

その一方、最愛の妻が死んでしまったと考えた父は頽《くずお》れ、床に両手をついて慟哭《どうこく》した。

「うぅ……どうして……神よ、精霊よ。どうして……私からアマーリアを奪うのですか」

「…………殿下」

「うおおおおおおおおお」

医者の呼びかけにも父は反応しない。

医者は四十台前後にみえる目元が優しい女性だ。

「殿下！　しっかりなさいませ！　殿下！」

「うぉぉぉぉ」

「殿下！　奥方さまは……眠られただけです」

「おぉぉ…………お？」

父は涙でぐちゃぐちゃになった顔をあげる。

そして、慌てて、母の顔を見る。

「殿下。奥方さまの呪いは解呪がなされております」

「……どういうことだ？」

父は混乱した様子で医者を見る。

「妊娠中からはじまったアマーリアの不調は呪いのせい。そうだったな？」

「殿下のおっしゃるとおりです」

「そなたでは解呪できぬと診断をくだしていたな？」

「はい、そのとおりです」

「国一番の治癒術師であるそなたでも解呪できぬ呪いがなぜ解けたのだ？」

妊娠中、突然アマーリアは呪われたのだ。

医者は呪いを解けず、治癒魔法も効かなかった。

出産は危険過ぎると医者は言った。母子ともに、命を落とすことになると。

万に一つ、もし無事産み落とせたとしても、確実にアマーリアは死ぬことになるだろうと。

父は何度も何度も出産を諦めるように懇願した。

だが、アマーリアは死んでも産むのだといって聞かなかったのだ。

「アマーリアの状態はどうなのだ？」

「ひとまず大丈夫でしょう。すぐにお亡くなりになるといった状態は脱しております」

「死なないのか？」

「もちろん体力は落ちていらっしゃいますから、気をつけなければいけません」

自身も出産経験のある医者は念を押すように言う。

「健康な状態でも出産は非常に体力を使います。解呪されたとはいえ安心はできません」

「ああ、気をつけよう。…………神よ、精霊よ。……ありがとうございます」

父は素直に頷くと、祈りを捧げた。

医者は祈りを捧げ終わった父に近づくと耳元で囁く。

「殿下。一瞬、お嬢さまが治癒魔法を使ったように、私は感じました」

父は乳児用寝台ですやすや寝ているルイサを見る。

「まさか、そんな……ありえるのか？　赤子だぞ」

「普通はあり得ません。ですが私が息子を産み初乳を与えたとき、息子から精霊魔法の気配を感じました。もちろん発動にはいたりませんでしたが」

生まれたばかりの乳児が精霊魔法を使う可能性はあり得ると医者は暗に言っていた。

「ふむ。そなたの息子は……」

「はい。今年から宮廷魔導師を務めております」

「これまでの最年少記録を大幅に塗り替え、十歳で宮廷魔導師になった天才だな」

「畏《おそ》れ入ります」

「天才であるそなたの息子でも発動にいたらなかったと……」

呪いは、怪我や病気とは違う。

呪いをもたらすのは「呪者《じゅしゃ》」と呼ばれる悪しき者どもだ。

呪者は、自分より弱い精霊を捕食するので精霊の天敵と呼ばれることもある。

そして呪者のかけた呪いは、その呪いより強い精霊魔法でなければ解くことができないのだ。

「……このことは他言無用で頼む」

国一番の治癒術師が解呪できなかった呪いを解いた赤子、しかも王族。

政治的な意味あいが強すぎる。成長する前に殺されかねない。

「わかっております」

医者は深く頷いたが、父はさらに声を潜めて念押しする。

「他言無用に頼む」

「既にわかっております、とお返事いたしました」

「父上にも、もちろん兄上にもだ」

「……陛下にも、王太子殿下にも、でございますか？」

「そうだ。陛下にも報告はしないで欲しい」

「……畏《かしこ》まりました」

医者は一瞬息をのんだ後、深く頭を下げた。

その後、父はこの部屋にいた全員に口止めをした。

◇◇◇◇

『ねた？　ねちゃった？』
『うん、あかちゃん、ねちゃった！』
ルイサが眠ったのを確認すると、精霊たちは途端にはしゃぎはじめる。
周囲にいるルイサの両親、乳母、医者などはお構いなしだ。
どうせ、彼らは精霊を見られないし、声も聞こえないのだから。
『かわいいね！　かわいいね！』『かわいい！』
ルイサの周りで騒いでいる精霊たちはぽやぽやした綿毛のような球体だ。
他にも言葉を発することができないぐらい幼いぼんやりとした精霊たちもいる。
『おはなしできるかな？』
『あかちゃんだからできないよ！』
『そっかー。あかちゃんだもんね』
精霊たちは赤ちゃんはしゃべれないということを知っている。
精霊もまた、生まれたばかりのときはしゃべれないのだ。
誕生したばかりの精霊は自他の区別もなく、自我もなく意思もない。
年を経るに従い、輪郭がくっきりして、自我がはっきりし、話せるようになる。

ルイサの周りで騒いでいる精霊は幼い口調だが、かなり年を経た強い精霊だった。

『お生まれになったのだな』

『あ、おうさま！』

現われたのは当代の精霊王だ。

自然を司り、ある意味で自然そのものである精霊。その精霊の調和を司るのが精霊王だ。

先代の精霊王ロアは、ルイサの肉体が燃え尽きたあと、その魂を保護し未来に転生させるために力を使い果たして崩御した。

ロアの死亡後に起こった大災害は精霊が意図して起こしたものだけではない。

精霊王ロアの崩御により、自然の調和が崩壊した結果として引き起こされた災害が多かったのだ。

『ルイサ様。健やかに……』

精霊王はその自慢の尻尾でルイサのおでこを撫でた。

精霊たちの中でも特に強い力を持つ精霊王は、人や動物の姿をしていることが多い。

当代の精霊王は羽の生えた黒猫で、二本の尻尾が自慢だった。

『お前たち。わかっていると思うが、成長なさるまで話しかけてはいけないのだ』

『うん、わかってる！』『しってる！』

『でも、どして？』

『赤子が宙を見て、なにかと話していたら、大人は怯えるのだ』

物心つく前から精霊と話す子供は人と話せるようになるのが遅くなる。

そして、大人たちは、その子供を気味が悪いと遠ざけることが多いのだ。

『だからルイサ様のことは、見るだけにするのだ』

『ふーん。わかった！』

『普通の人間には我らの姿は見えぬし、声も聞こえぬのだから』

『わかった！』

精霊王は元気に返事をする精霊たちを見て微笑んでから、改めて眠るルイサの顔を見る。

『ルイサさま。大聖女さま。あなたが逃がしてくれたおかげで今の我らがあるのです』

唯一神の教会が、捕まえていた強力な精霊たちの中に当代の精霊王もいた。

精霊たちは、教会が建物ごと溶け落ちて初めてルイサに助けられたことを知ったのだ。

『ありがとうございます。ルイサ様。どうか、どうか、今生こそお幸せになってください』

ルイサの魂はただの人間のそれとは違う。

精霊王ロアの命をかけた転生術を受けたことで、ルイサの魂も変質したようだった。

『人でありながら、精霊、それも我らを統べる王でもある……か』

『おうさま、なにいってるの？』

『いや、なに。気にするな』

『へんなのー』

人間は精霊に力を借りなければ、魔法を行使できない。

そして精霊は人を介さないとその力を発揮できない。

『精霊に力を借りることなく……魔法を使うとは』

精霊たちは、ルイサに力を貸していなかった。赤子が魔法を使うのは負担が大きすぎるからだ。

使いすぎたら成長に悪影響が出かねないし、命に関わりかねない。

だというのに、ルイサは視力強化の魔法を使い、呪いを祓《はら》い、治癒魔法を行使した。

『……どうか何事もありませんように』

世界に直接力を及ぼすことのできる精霊にして人。

それが、ルイサだ。

ルイサがどのように成長するのか、精霊王にもわからなかった。

『……健やかに、成長なさいませ。どうか、今生こそ幸せに……』

強すぎる力は、力を持つ者を不幸にする。

そんなことになりませぬように。

精霊王は神に祈り、眠るルイサの額に祝福を願ってキスをした。

◇◇◇

ルイサが生まれた直後のこと、小さな子犬が荒野を走っていた。

まっすぐにルイサのもとを目指し、一心不乱に駆けていく。

周囲に兄弟犬や親犬はいない。

庇護者がいない子犬を捕食しようと、猛禽類や蛇などが襲い掛かる。

「わぅ！」

子犬は小さな体で精一杯威嚇しながら、猛禽類の爪をかわし、蛇の頭を前足ではたいて逃れる。

何度も危機に遭いながら、子犬は夜通し駆けていく。

子犬はついにルイサの生まれた屋敷にたどりついた。

「……あぅ」

子犬は物陰に隠れながら、屋敷の中に入る隙を探る。

半日ほど隙を窺《うかが》い、商人と使用人が出入りするタイミングで子犬は屋敷内部へと侵入した。

人間に見つからないよう屋敷内部を、子犬はこっそり進む。

そして、ついに子犬は、寝台で眠るルイサを見つけた。

「！」

あまりの嬉しさに、子犬は尻尾をはち切れんばかりに振った。

自分が汚れていることを忘れて、我慢できずに寝台の上に飛び乗った。

「ふぎゃ」

「ふんふん……ふんふん」

子犬は眠るルイサの匂いを嗅いで、凄く幸せな気持ちになった。

やっとルイサに会えて安心し、幸せな匂いに包まれて、子犬は眠りに落ちる。

子犬はあまりにも疲れていたのだ。

◇◇◇◇

目が覚めて、ふと気配を感じて横を見ると、茶色の子犬が、こちらをじっと見つめていた。

長毛種で耳が折れていて、体の割に手足が太い。

体長は赤ちゃんであるあたしよりも小さいぐらいだ。

「だう？」

子犬の周りには精霊が集まっている。

もふもふな子犬の周りに、ふわふわな精霊が集まって、わけのわからない生物に見えるほどだ。

精霊はいつも部屋の中に沢山いるけれど、他の人がやってきても集まるということはない。

どうやら、子犬は精霊に気に入られているらしい。

寝台に入り込んだ謎の子犬を、あたしは恐ろしいと全く思わなかった。

それはきっと、前世で意地悪な動物には会ったことがなかったからだろう。

意地悪な奴ばかりの人とは違い、熊も獅子も狼も、前世のあたしには優しかったのだ。

「だーう？」

「ふんふん」

特に意味のない言葉で語りかけると子犬は呼ばれたと思ったらしい。

嬉しそうに小さい尻尾を揺らして、あたしの匂いを嗅ぎにくる。

黒くて湿った鼻と、黒い目が可愛らしい。

だが、かなり汚れていて、犬臭かった。

「だう？（おこられるよ？）」

「きゅーん。ふんふんふん」

あたしが声を出すたび、子犬は嬉しそうに尻尾を揺らす。

可愛い。ヤギも可愛いが犬も可愛いと思う。

この子犬は、きっと両親が飼っている子犬に違いない。

なぜなら、たとえ使用人が犬を飼っていても、屋敷には連れてこないだろうからだ。

「だぅ～（それにしても）」

この寝台に子犬が自分で入り込むことは難しい。

誰かが、あたしが寂しくないように連れてきてくれたのだろうか。

子犬は可愛いので、とてもありがたいのだが汚すぎる。

子犬を連れてきた誰か、もしくは子犬が怒られないか心配になる。

少し黙って、子犬を見ていると、

「わぅ！　あぅ」

子犬は精霊を捕まえようとしているのか、前足を宙に伸ばして空ぶっている。

子犬にも精霊が見えるらしい。前世のあたしの犬版のような存在なのかもしれない。

「だーう」

あたしが声を出すと、子犬はどうしたのと言うかのように、顔を近づけてくる。

犬臭いが嫌な臭いではない。獣の臭いは懐かしい。

「ふんふん」

子犬はあたしの匂いを嗅いで尻尾を振る。

「だう」

声を出すと、子犬の尻尾の揺れが激しくなる。

それを見ていると、楽しくなってくる。

「きゃっきゃ」

「ふんふんふん」

あたしが笑うと、子犬も嬉しそうだ。

子犬を赤ちゃんの寝台に入れるなど非常識だ。

とはいえ、そんな非常識なことをした誰かに感謝した。

やっぱり、子犬は可愛い。

子犬と楽しく過ごしていると、母が侍女と一緒にやってきた。

母は、あたしを産んだ後、体調を崩していたのに毎日欠かさず来てくれている。

しかも、一日に何度も来てくれるのだ。

当初すごく顔色が悪くて、あたしの方が心配したほどだ。

最近は顔色が良くなってきたし、たまに母乳もくれる。

回復しつつあるようで安心だ。

「だーう！」

「ご機嫌ね。……あら？」

母は子犬を見て、首をかしげる。

「え？　いつの間に！　犬が？」

部屋の中にいた乳母が慌てている。

「だう？（きづいてなかったの？）」

びっくりである。

「子犬ね」

「お嬢様の身に何かあったらどうするつもりだ！」

年かさの侍女が乳母を怒鳴りつける。

「も、申し訳ありません」

侍女は謝る乳母を無視して、首の後ろを摑《つか》んで子犬を持ち上げた。

「きゅーん」

子犬は哀れな声を出す。怯えた様子で尻尾を股の間に挟んでいる。

「だう！（いじめないで）」

言ってみたが、通じるわけもない。

「随分と汚いですね。どこから紛れ込んだのでしょう？」

「ちゃんとお尻を支えてあげて。子犬が可哀想だわ」

「は、はい」

母にたしなめられて、侍女は子犬を抱き直す。

その子犬を母はじっと見つめる。

「うーん。知らない子犬ね。誰かが飼っている子犬かしら？　それとも外から？」

「さすがに野良犬がお嬢様の部屋にまぎれこむなど、考えにくいです」

「そうよね。うーん」

「子犬を連れ込んだのが誰か調べます」

「そうね、それは大事ね」

あたしは母に抱きあげられた。

母は、すごく綺麗だ。父がべたぼれする理由もわかるというもの。

「あと寝具を替えてあげて」

「畏まりました。この犬、汚れていますからね。衛生的に問題です」

「きゅーん」

子犬は不安げに鳴いた。

このままだと、子犬は捨てられてしまうだろう。

「だう！（すてないであげて）」

母にあたしが子犬を気に入っていると伝えるために、子犬に向かって手を伸ばす。

そんなことをしても、伝わるわけがないのに。

「この犬、どういたしましょう？」

「そうね。洗ってあげて」

「え？　洗うのですか？」

「ええ。この子が気に入っているみたいだもの。それに、とっても可愛いわ」

「だう？（はは？）」

まさか母に伝わるとは思わなかった。

「きゃっきゃ！」

嬉しくなって笑うと、母も微笑んでくれた。

「くぅーん」

途端に子犬は尻尾を揺らす。まるで言葉がわかっているみたいだ。

「この子は私が飼うわ」

「……かしこまりました」

侍女は納得していなそうだが、反論はしなかった。

「大切に扱ってあげてね。私のかわいい犬なのだから」

子犬を抱っこして退室する侍女に、母は念を押してくれた。

母がここまで言ってくれたら、きっと子犬は大丈夫だ。

近いうちに遊びに来てくれるに違いない。

そういえば、誰が子犬を寝台の中に入れたのだろう。

子犬の大きさから考えて、寝台は自力で上がれる高さではないはずなのに……。

そんなことを考えながら、母の乳を飲み、ゲップをして眠ったのだった。

◇◇◇◇

「……ふぎゃ……すぴー」

母に抱かれたままルイサが寝ると、精霊王がやってくる。

『あ、おうさま』

『うむうむ。よく寝ておられるのだ。すくすく育ってくだされ』

猫の姿で現われた精霊王はルイサの額にキスをする。

『おうさま。フェンリルがきたよ』

『ああ、気付いておるのだ』

『これで、あんしんだね!』

『うむ。守護獣のなかでも強力なフェンリルが来てくれたのだ。心強い』

精霊は物質の体を持たないために、基本的に生物や魔物から危害を加えられることはない。

だが、精霊は無敵ではない。天敵がいる。

その天敵は、呪者と呼ばれる者たちだ。

唯一神の協会が精霊を拘束した技術は、呪者の呪力を利用したものだった。
そして、ルイサの母を蝕《むしば》んでいたのも、呪者の呪いだ。
『我らは人を介さねば、基本的に現世に影響を与えることはできぬのだし……』
だから精霊は強力な魔力を持つのに、呪者から身を守ることが難しい。
そんな精霊を守るのが守護獣と呼ばれる強力な存在である。
守護獣は厳密に言うと生物ではなく精霊に近い。
魔力が少ない代わりに、肉体を持つ精霊と言ってもいい。その点はルイサに似ていた。
ルイサが違うのは、ルイサは精霊よりもずっと魔力を持っているという点だ。
『守護獣は、呪者の天敵。フェンリルがいてくれれば、呪者はルイサ様に近づくまい』
『あんしんだね！』
無邪気な精霊に頷き返しながらも、精霊王は少し不安も感じていた。
子犬は強力な守護獣だが、まだ赤ちゃんなのだ。
強力無比なフェンリルとはいえ、赤ちゃんは弱い。
悪意を持った人や魔物には負けてしまう。
それに悪意を持った人間かどうかは、行動するまで精霊にはわからない。
それは、噛み癖のある犬かどうか、実際に噛むまで、人にはわからないのと同じだ。
噛み癖のある犬も、人にとって、見た目は可愛い犬である。
精霊にとっても、悪意を持った人も、見た目は可愛い人なのだ。

『神よ。ルイサ様をどうかお守りください。せめて子犬が成長するまでお守りください』

神は現世に一切介入しないことはわかっているが、精霊王は祈るしかなかった。

精霊王が祈っていると、精霊が首をかしげながら尋ねる。

『どうして、おうさまは、ルイサ様がねないとでてこないの？』

『それは、目立つからなのだ』

精霊たちは、綿毛のようなほわほわした姿だ。

ルイサは精霊たちを視認しているが、話せない精霊だと思っているので気にしてはいない。

だが、猫の姿の精霊王が現われたら、ルイサは気付くだろう。

『目立つわしをみれば当然ルイサ様は話そうとされるに違いないのだ』

だが、精霊と話すことは、赤子の成長に良くない影響を及ぼす。

だから、精霊王はルイサと話せない。

『ルイサ様に話しかけられて、無視するなど胸が苦しくなるのだ』

『そっかー』『わかるー』『つらくなるー』

精霊たちも精霊王の気持ちがわかるようだった。


その後、精霊王はフェンリルの様子を見に隣の部屋に移動した。

「きゅーんきゅーん」

子犬は甘えた声を出しながら、侍女にバシャバシャ洗われていた。

精霊王が近づくと、子犬は尻尾を振った。

「こら、大人しくしなさい！」

「わふ」

「まあ、ほんとうに汚いわね。お湯がこんなに汚れてしまって」

「きゅーん」

精霊王は子犬が虐められているのかと心配したが、子犬は気持ちよさそうだ。

侍女も子犬を手慣れた様子で、丁寧に洗っている。

先ほどは、役目として子犬に冷たく当たっていただけで、侍女も犬が好きらしい。

「こんな汚い体でお嬢様に近づいて、もーほんとにー。顔を洗うから目を閉じて」

「きゅーん」

「可愛く甘えてもダメ！　その汚れた顔でお嬢様の匂いとか嗅ぎにいったんじゃないでしょうね」

「わう？」

子犬は相当汚れていたようで、お湯を三回替えて洗われていた。

洗い終えると、侍女は子犬をタオルでくるんで抱っこする。

「奥方様は飼うとおっしゃったけど……どうするのかしら？　トイレとか寝床とか」

「はっはっ」

子犬は侍女の顔を舐める。

「甘えるんじゃないの。お前のご主人様は奥方様なのよ」

「きゅーん」

「お腹空いているのかしら……子犬は……牛のミルクでいいのかしら？　待っていなさい」

侍女はミルクとトイレと寝床を手配するために部屋の外へと出て行った。

入れ替わるように精霊王は子犬のもとに駆け寄る。

『お主、可愛がられておるな？』

「ぁぅ？」

『ルイサ様を頼むのだ』

「わふ！」

子犬は「任せろ」と力強く尻尾を振った。

◇◇◇◇

あたしはルイサで……はない。名前はまだない。

日がな一日「だうだう」いいながら、寝たり母乳を飲んだり、手足をもぞもぞさせたりしている。

「わふ！」

「だーう（きょうもげんきだな？）」

「はっはっ」

いつも目を覚ますと、子犬がいる。

あたしが手をもぞもぞ動かすと、子犬はその手の上に前足をぽんと乗せてくれるのだ。

とても可愛い。

「きゃっきゃ」

「わふ」

あたしが喜ぶと、子犬も嬉しそうに尻尾を振ってくれる。

子犬の前足をにぎにぎしながら、あたしは考える。

「だーう（いまはいつで、ここはどこなのだろう、そしてあたしはなにものなのだろうか）」

「はっはっはっ」

子犬に手をベロベロなめられながら、考える。

生まれ落ちてしばらく経ち、転生したらしいという事実をやっと受けとめることができた。

理由はわからないが転生したのは間違いない。

ならば新たな人生をどうするか、それが問題である。

気になるのは父の髪色と目の色が前世の王族と同じことだ。

しかも、父の立ち居振る舞いや、家の様子から判断するに、どうやら貴族っぽい。

「だう……（おなじ国であるかのうせいも……）」

王族だった前世の記憶から判断するに、父母の衣装も部屋の装飾もさほど良くない。

貴族でも下級貴族の可能性が高いだろう。

「んあー（……）」

前世を思い出す。辛いことばかりだった。

精霊王ロアや精霊たちが優しくしてくれたから、何とか耐えられた。

もうあのような目には遭いたくない。

前世の父は名君と慕われていたのに、殺された。

王位の争いに巻き込まれたら碌《ろく》なことにならないのだ。

下級であっても貴族であれば、いつ政争に巻き込まれるかわからない。

王位の争いでなくとも、爵位継承の争いなどのお家騒動は充分あり得る。

婚姻すれば婚家とのかかわりで、巻き込まれる可能性が高くなる。

「ぁう！」

暗い気分で考えていると、子犬が黒くて可愛い鼻をぺたりとくっつけてくれた。

まるで「大丈夫？」と言ってくれているかのようだ。

「だーう（だいじょうぶだよ）」

子犬の前足をにぎにぎしておく。

「ぬむー（けっこんはなしだね）」

そして、出来れば、山の中で地味に目立たぬよう暮らしたい。

精霊は自然の化身。山の中の方が精霊も沢山いるのだ。

「んめー（ヤギとくらしたい）」

前世では家畜小屋で寝起きしていた。

ご飯をほとんどもらえないあたしを心配して、ヤギが草を分けてくれたりもした。

もちろん、ヤギが食べる草は消化できないのだけど、気持ちだけでもありがたかった。

人からは、お前は家畜だとののしられて、殴られたが、ヤギは優しかったのだ。

ヤギだけではなく、もふもふたちと山の中でのんびり暮らしたい。

「ふぬー（もくひょうがきまった）」

目標が決まったら、やることが決まる。少し気が楽になった。

ふと周囲を見回すと、あたしを気遣うように精霊がぽあぽあ浮いていた。

声をかけたこともあるが、返事はなかった。

現世のあたしには精霊を見る能力はあるが、精霊の声を聞く能力はないのかもしれない。

「んだー（こっちおいで）」

だが、声をかけると、精霊は寄ってきてくれる。

精霊たちは、いつもふわふわ、ぽわぽわして、とても可愛い。

声が聞けたらいいのだけど。

話せないほど幼い精霊なのかとも思ったけど、充分輝いているから多分話せるはずだ。

「あぅあぅ」

子犬は集まってきた精霊にじゃれついている。

とても可愛い。

「ぬぬ（ありがとね）」

前世では精霊たちに救われた。

いじめられていた日々。精霊たちがいなければ死んでいた。

辛かった日々も精霊たちが慰めてくれたから耐えられたのだ。

「んうー（いいこだね）」

満足に動かせない手で、精霊に触れる。

精霊は物質ではないので触れることは当然できない。

だが、手を魔力で覆えば、撫でたりすることができるのだ。

もぞもぞしてたら、乳母が、子犬の存在に気づいたようだ。

「あ、また勝手にお嬢様の寝台に忍び込んで」

「くーん」

「ダメです。あとで奥方様のところに連れて行きますからね！」

「きゅーん」

甘える子犬を叱ると、乳母はあたしを抱きかかえる。

「はいはい。お嬢様、お腹が空いたのですね。はいどうぞ」

「……だ〜う」

お腹が空いたと言っていたわけではないのだが、乳母が乳房を出してくれたので、咥えてみる。

とても美味しい。

母乳を飲んだら眠くなったので、あたしは眠った。

目が覚めたら、また子犬がいてくれた。

「だー（おはよう）」

「ぁぅ」

子犬に挨拶してから、一刻も早く動けるようになるように手足を精一杯動かす。

世の中には悪い人族が一杯いるのだ。

だから、自力で動けないこの状態は恐ろしい。

現世こそは精霊たちを守ってやりたい。

そんなことを考えながら、手足を動かしていると父が来た。

父は一日に何度もやってきて、毎回あたしを優しく抱きあげるのだ。

「だう！（くんな！）」

「また、犬が入り込んでいるぞ」

「きゅーん」

子犬が甘えた声を出すが、父は無視をする。

父は、前世、あたしをいじめ抜いた王族と同じ髪色と目の色をしているのだ。

警戒せずにはいられない。

そのうえ、可愛い子犬をすぐ追い出そうとする。

「も、申し訳ありません、いつの間にか入り込んでいて」

「それは困ったな。いくら洗っているとは言え、赤子に獣が近づいたら衛生面が心配だ」

「おっしゃるとおりです」

「きゅーん」

乳母が子犬を抱き上げて、寝台の外へと連れて行く。

「だう！（子犬はわるくない！）」

抗議のために手足をバタバタさせると、

「可愛いなぁ。おお、そんなに手足を動かして、元気だな！」

「お嬢様は本当に旦那様がお好きなのでしょう」

「だう！（ちがう！）」

余計なことをいう乳母に文句を言うが、

「そうか〜」

嬉しそうな父が額にキスしてくる。

「旦那様がいらっしゃると、お嬢様はじっと旦那様の顔を見つめていらっしゃいます」

「そうかそうか」

「だだぅ！（にらんでたの！）」

「よほど旦那様のことがお好きなのでしょう」

「そうかそうか〜」

警戒して睨んでいたというのに、全く伝わっていない。

「だう……（ひとぞくはおろか）」

「かわいいな。どんどんアマーリアに似てきている」

とても美人である母に似ているならば、それは嬉しい。

そんなことを考えていると、父にほっぺたをツンツンされた。

「だー（さわんな！）」

「いい子だな。元気に育つんだぞ」

父に抱きあげられ、揺らされているうちに眠ってしまった。

◇◇◇◇

その頃、荷馬車に乗って、屋敷にやってきた出入りの商人が、屋敷の屋根を見て絶句した。

「え？　いったい……なにが？」

屋根の上には沢山の鳥が止まっていた。

その数、三十羽ほど。この辺りではあまり見ない猛禽類や鳩、燕《つばめ》、雀のような小鳥まで。

「ひひーん」

「落ち着け！　どうどう」

馬がいななき、商人はやっとの思いで落ち着かせる。

「どうしたんだ、珍しいな」

「ぶるる」

普段は大人しく従順な馬が落ち着かない様子で耳を絞っている。

そのとき背筋がぞわっとして、商人は周囲を見回した。

「……これは……まるで」

商人は、若い頃に魔物が大量にいる深い森を夜に通ったことがあった。

泣きそうになりながら、大きな商機のために命を懸けた。そのときの気配に似ていた。

魔物のような強い生き物に見張られているような。強力すぎる魔物がひしめいているような。

自然と膝が笑いはじめて、商人は周囲を見回した。当然のように何もいない。

「だが、まるで魔物に睨まれているような確かな気配…………いや、いやいや、ありえぬ」

近くの小さな森にはリスのような小動物しかいない。

野犬や猪すらいない安全な森だ。

それこそ五歳児が一人で入っても無事に帰ってこられるぐらい安全な森なのだ。

「だが……生き物の気配が……多すぎる」

なのに生き物の音がしない。

「ぶるるる」

「……そうだな、今日は早めに帰ろう」

商人は、笑う膝を拳で殴って、気合いを入れる。

そして屋敷に商品を卸したあと、急いで帰っていったのだった。

二章　〇歳　命名の儀とルイサ

生まれてから十日ぐらい経ったとき、乳母に抱かれて立派な部屋に連れて行かれた。

そこには、父と知らない若い男がいた。

「だあ！（おまえ！）」

三十前後に見えるその男は唯一神の教会の神官服を着ている。

デザインこそ同じだが、生地の品質は前世の記憶よりだいぶ悪い。

「大司教猊下《げいか》。よろしくお願いいたします」

「はい。お任せを」

乳母によって寝台に寝かせられたあたしに、大司教は笑顔で近づいてくる。

「だああ！（かえれ！）」

恐ろしくて泣きそうになるが、泣いてやらない。

泣いても誰も気にしないだろう。赤子が泣いても当然だと思っているのだ。

それに、唯一神の神官服を着た大司教に泣いて見せるなど、負けた気になる。

「……ご兄姉とは違い、赤い髪で赤い目なのですね」

「ええ、綺麗な色でしょう？」

「……そうですね……いえ」

大司教はなにか含みのある言い方をしている。

「ぶげええ（かえれ！）」

威嚇しても大司教は動じない。

それから、大司教はあたしのおでこに水をかけたり、なにやらした。

たしか洗礼だ。前世のあたしも受けたと聞いた覚えがある。

ちなみに洗礼に何の効果も意味もない。

神は存在するが、神が現世に影響を及ぼすことはないからだ。

無意味な儀式を終えると、

「なんて不吉な色だ……、お前は幸せにはなれんぞ？」

まるで呪いのように、あたしの耳元でささやいた。

「だあ！　だぁぁぁ！（しね！　うんこもらせ！）」

大司教は父の方を向いてほほ笑んだ。

「この娘の名はルリアです。ルリアに神の祝福を」

「ありがとうございます。大司教猊下にも神の祝福を」

父が大司教にお礼を述べる。

どうやら、大司教はあたしに洗礼を施し、名前を付けるために来たようだ。

前世の通りならば、親が名前の候補をいくつか教会に渡して、その中から聖職者が決めるのだ。

それにしても、ルイサとルリア。音が似ているが、これは偶然だろうかと考えていると、

「殿下。ルリア様を我が教会に預けませんか？」

「ふぎゃ？」

「突然なにをおっしゃるのですか」

大司教がとんでもないことを言った。

父も驚いている。あたしも驚いた。

「赤い髪と目を持つ王族の娘。王国を、いや人族を滅ぼしかけた厄災の悪女ルイサと同じ。不吉です」

大司教は笑顔のまま、そう言った。

厄災の悪女？　王国と人族を滅ぼしかけたって、なんのことだろう？

疑問に思うと同時に、前世と似た名前になったのは偶然ではなかったらしいとわかった。

「ルリア様は唯一神の教会で神に仕えるべきです。そうすれば厄災は回避されるでしょう」

まるで、このままでは厄災が起こるかのような口ぶりだ。

「ふぎゃあああ！（やだやだやだ！）」

絶対に嫌だ。唯一神の教会になど、近寄りたくない。

教会に預けられたら虐められるに違いない。

あいつらは性格が陰険でねじ曲がっているのだ。

少なくとも前世ではそうだった。きっと現世でもそうだろう。

それに唯一神の教会は自然、つまり精霊が嫌いなのだ。

精霊を集めやすいモフモフを嫌うのだ。

唯一神の教会に入れられたら、ヤギとは暮らせない。

「ふぎゃあああ！（いなかで！　ヤギと！　くらすの！）」

そう必死に主張するが、父はあっさり教会にあたしを引き渡してしまうかもしれない。

なにせ、父は前世の王家の奴らと同じ髪と目の色をしているのだ。

「お断りします」

「ふぎゃ？（ちち？）」

だが、父が冷たい目で大司教を睨むようにして、はっきりと言った。

「この子は私とアマーリアの大切な愛しい子です」

「……ご家族に不吉な子がいれば、ご兄姉の婚姻や将来にまで、悪影響を及ぼしかねませんよ？」

「そのような迷信に囚われるような者は、ギルベルトの妻にも、リディアの夫にもふさわしくない」

父のこんな怖い表情は見たことがなかった。

いつもあたしに向けてくれていた目が、いかに優しい目だったのか理解した。

「……わかりました。ご忠告は申し上げましたよ」

「ああ、猊下のお気遣いに感謝する」

言葉とは裏腹に、父は全く感謝していない様子だった。

◇◇◇◇

二百年前。この国、オリヴィニス王国は大災害に見舞われた。

疫病、大地震、噴火、津波、干魃、大虫害。

民の三分の一が死に、当時のオリヴィニス聖王家の者たちはクーデターにより処刑された。

聖王家に対するクーデターを指揮したのが、ファルネーゼ家である。

ファルネーゼ家は、聖王家の傍流にあたる地方貴族だった。

ファルネーゼ朝は二百年たった今でも続いている。

ちなみにファルネーゼ家の当主にして今上《きんじょう》の王は、ルリアの祖父にしてグラーフの父である。

その初代ファルネーゼ朝の初代王は、ルイサの再従兄《またいとこ》に当たる人物だった。

聖王家と唯一神の教会が行なった暴挙が、精霊の怒りを買ったのだろうと思われたからだ。

だが、続けて禁教にもしようとしたが、できなかった。

民と貴族の間に精霊に対する恐怖が広がっており「精霊を神の名のもとに人の支配下に置くべきである」という唯一神の教会の教義は一定の信仰を獲得していたからだ。

生き延びた唯一神の教会は、二百年かけて信者を増やし力をつけ、政治にも侵食しつつあった。

◇◇◇◇

ルリアへの命名の儀を終えた大司教は、大公家の屋敷をでて馬車で進む。

「忌々しい。次期王でもないスペアの分際で、若造が」

大司教は、大して年の変わらないルリアの父グラーフへの不満を吐き捨てる。

たかが第二王子の分際で！

王位継承権争いに敗れ、大公の爵位を与えられ、半分臣籍に降りたようなもののくせに！

「……教会を侮りやがって」

あの第二王子は、教会に対して、中立的な立場だったはずだ。

それなのに今日のあいつときたらどうだ。

あのようなおぞましい赤目と赤毛の赤子をかばうなど！

あんな赤子は存在自体が、神に対する冒瀆と言っていい。

親切心で不吉な赤目赤毛の娘を引き取ってやると提案してやったというのに。

「それを、あいつは……あろうことか、この俺をゴミを見るような目で睨みつけやがった！」

このままでは許さぬ。

唯一神の教会の力を総動員して、あのスペアを陥れてやる。

「教会に逆らったこと。後悔しても遅いぞ。スペアの第二王子風情《ふぜい》が――」

豪奢な馬車の中で大司教が一人で喚いていると、その馬車が急に止まった。

馬車を引いていた四頭の馬が嘶《いなな》いている。

「どうした！　止まるな！　進め！」

大司教は御者を怒鳴りつけた。

「それが猊下……前に……」

「ん？　いったい何だというんだ」

大司教はのぞき窓から前方を見る。

「な……なんだ？　あれは……」

馬車の前に黒い牛がいた。

外見はただの牛。だが、大きさが尋常ではない。控えめにいって馬の二倍は大きかった。

「よ、避けて進め」

「馬が、……馬が言うことを聞きません！」

「それをなんとかするのが、御者のしご――」

次の瞬間、馬車に強烈な衝撃が走った。

車体が物理法則を無視するかのように砕け散る。

大司教は悲鳴を上げることもできず、砕け散った車体から投げだされ、無様に転がっていく。

物理的にはあり得ない動きだ。魔法が使われたのは明白だ。

だが、混乱する大司教は魔法の存在に思いいたりはしなかった。

「…………一体……なにが……」

どれくらい気を失っていたのだろう。

大司教が目を開けると、

「ブボオオオ……」

「ひ、ひいいいいい」

目の前に、小山のように巨大な猪がいた。

猪の立派な牙の先に馬車の車輪が引っかかっている。

この猪が、馬車を破壊したらしい。

「く、食われる！　ひいい。神よ。神よどうか、お助けください」

大司教は聖職者らしく神に祈りながら、地面を這って逃げようとする。

「キュー」「ホッホオッ」「ピイイィィー」

這って逃げる大司教に大量の鳥たちが襲い掛かった。

法衣を爪で掴み、大司教の身長ぐらいまで持ち上げる。

そのあたりで法衣は裂けて、大司教は地面に叩きつけられた。

「ぶべ……なぜ、鳥が、ひいい」

一度ではない。何度も何度も鳥は大司教の法衣を掴んで持ち上げる。

そのたびに法衣は裂けて、地面に叩きつけられた。

「……神よ、……神よ」

大司教は生まれて初めて心底から祈った。

鳥たちに十五回ほど持ち上げられて地面に叩きつけられて、ついに大司教は全裸になった。

これも物理的にはあり得ないことだ。

少し持ち上げられた程度では法衣は破れない。

鳥たちが魔法を使っているのは明白だ。

だが、怯えて混乱の極みにある大司教は、魔法に思いいたりはしなかった。

もはや大司教には靴以外、身を隠すものはない。

全身があざだらけになり、顔が腫れ上がる。皮膚が破れ、骨が何本も折れていた。

「神よ、神よ……どうかこの哀れな子羊をお助けください」

大司教には、意味がわからなかった。

なぜ牛が？　猪が？　鳥たちが？

動物たちの目的もわからないし、自分がこんな目に遭う理由もわからない。

血を吐きながら、あり得ない方向に曲がった腕と足で這って、もぞもぞと逃げた大司教は、

「ぃあっ？」

蹄の付いた巨大な前足にぶつかった。

「ひぅ」

大司教が見上げると、そこには黄金色のヤギがいた。

馬より三倍ぐらい大きな巨大なヤギだ。

先ほど見たばかりの牛や猪よりも大きい。

ねじくれた角は人の身長ぐらいあり、あごひげは人の身長の半分ぐらいある。

ヤギが、ゆっくりと大司教の目をのぞき込むように顔を近づける。

実はそのヤギは守護獣だった。牛も猪も、そして鳥たちも守護獣だった。

そんな霊的な存在にじっと目を見つめられ、

「ひぅ」

恐怖で歯が合わなくなるほど震えながらも、大司教はヤギから目をそらすことができなかった。

とっくに目の周りが腫れ上がり、視界は朧気《おぼろげ》だ。

だが、不思議とヤギの姿ははっきり見えた。

「…………」

神々しいまでに立派で巨大なヤギが、じっと無言で大司教の目をのぞき込む。

そのとき、大司教に天啓が降りた。少なくとも大司教は天啓だと思った。

「…………それが神の思し召しなの……ですね？」

大司教はヤギを通して神の意思を理解した気がした。

大司教は三十前後で大司教になるだけの才覚があった。

それは精霊に対する親和性だ。

神は存在するが、この世界に全く影響を及ぼさない。

つまり、この世界における奇跡などの神秘的な現象は、ほぼ全て精霊によるものである。

それゆえ、皮肉なことに唯一神の教会の上層部には、精霊と親和性が高い者が多かった。

「神のご意思……この卑しき奴隷めは、理解いたしました」

守護獣たちは、精霊たちからルリアに暴言を吐いた大司教がいると聞かされて怒り狂っていた。

だが、守護獣の中でも年を経た個体であったヤギは、大司教を落ち着いて優しく諭したのだ。

『ルリアを虐めるな』『ルリアを守れ』『それがおまえらの使命であり運命だ』

「……はい。神の言葉……胸に刻みます」

ルリアとは比べるまでもないが、大司教は精霊との高い親和性を持っていた。

だから、守護獣たるヤギの意思を朧気ながら理解できた。

その意思は言葉のような、はっきりしたものとして伝わっているわけではない。

だが、恐怖と混乱の中で下された神の啓示だと信じた大司教は、必死になって読み解いた。

「はい、はい。神のご意思に従い、ルリア様には、手を出しません。命を、命を懸けて」

「…………」

「……罪深き私のような者に、啓示をくださり、ありがとうございます」

全裸の大司教は、平伏し、ヤギの蹄に口づけをした。

◇◇◇◇

森の中で大けがをした大司教が見つかったのは次の日のことだった。

それから大司教は人が変わったと皆が噂した。

慈悲深く、民に優しく、思慮深くなったという。
賄賂《わいろ》を要求することもなくなった。
精霊は神の御使いなのだと主張し始めた。
そして、密かにルリアを守るために動くようになった。

◇◇◇◇

大司教が帰った後、あたしは乳母に自室に運ばれた。
運ばれながら、色々考える。
大司教はむかついたが、わかったことが沢山あった。
唯一神の教会は健在だ。気をつけなければならない。
そして前世のあたしは厄災の悪女と呼ばれているらしい。
ルイサの転生者だとバレないようにしたほうがいい。
それに兄と姉がいるらしい。会ってみたい。
父は殿下と呼ばれていた。つまり王族らしい。
髪色と目の色から判断するに、あの王家は今も続いているということだ。
「むむ〜」
「ルリアお嬢様、難しい顔をなさってますね。おしめかえましょうね」

「む～」

ちょうど漏らしていたところだったので、おしめを交換してくれるのはありがたかった。

「お嬢様は、本当にお泣きになりませんね」

人は言語化できない事態に陥ると泣くのだ。

言葉に出来ないほどの痛み、苦しみ、悲しみ、喜び。感情が言語化能力を超えたとき涙が出る。

きっとそうだと思う。確証はない。

あたしには前世があるので、話せなくとも、頭の中で言語化できているから泣かないのだと思う。

そう考えたが、話せないので、

「んだー」

と言って、乳母におしめ交換のお礼に代えた。

ふと横を見ると、「…………」子犬が寝台の柵の隙間から、心配そうにじっと見つめていた。

子犬は無言で尻尾を振っている。

いま吠えたら、乳母に別室に連れて行かれると警戒しているのだろう。

おしめ交換が終わってしばらく経つと、大司教を屋敷の外まで見送った父がやってきた。

子犬は素早く寝台の下に潜り込んだ。

父に見つかれば、子犬は確実に別室に連れて行かれるからだ。

「おお、ルリアはいつも可愛い……いや、益々ルリアは可愛くなるな」

「だぁ（ごめんね）」

あたしは心の中で父に謝った。

父はたしかにあたしを虐めた王家の奴等と同じ髪色と目の色だ。

だからずっと警戒していたし、威嚇していた。

「だ～」

だが、大司教から、唯一神の教会から守ってくれた。

信頼していいのかもしれない。

そう思ってから、父の顔を改めて見たらとてもいい男に見えた。

「どうしたのだ。ルリア。いつもより大人しいではないか」

「命名の儀で知らない人にお会いになってお疲れなのでしょう」

「そうか。……ルリア。何か嫌なことを言う者がいるかもしれない。だが、父が守るからな」

父の大きな腕に抱っこされていると安心する。

考えないようにしていたが、優しかった前世の父も王族だった。

つまり父と同じ髪と目の色なのだ。銀髪碧眼《へきがん》にもいい人も悪い人もいる。

そんな当然のことを、知っていたのに、考えようとしていなかった。

十年間、銀髪碧眼の奴等に虐められていたとはいえ、公正ではなかった。

「だぅ（ありがと、ちち）」

「可愛いなぁ」

「んだー（ごめんね、ありがと）」

母とは違う父の匂いに、心が安らぐ。

父の匂いに包まれて、優しく揺らされているうちに、あたしは安心して眠ってしまった。

◇◇◇◇

眠ったルリアを抱っこしながら、ルリアの父グラーフは執事に言う。

「アマーリアを呼んでくれ」

「畏《かしこ》まりました」

少し経って、ルリアの母アマーリアがやってくる。

アマーリアはすぐに寝台の下をのぞき込む。

「レオナルド。いらっしゃい」

「レオナルド？」

「子犬の名前よ」

アマーリアに捕まったら別室に連れて行かれると思っている子犬は、呼びかけに応じなかった。

「そんなことより、この子の名はルリアに決まった」

「そうなのね。いい名前ね。ルリアちゃん」

アマーリアは寝台の下をのぞき込むのを止めると、ルリアの頬を撫で、グラーフの顔を見た。

「何かあったの？　怖い顔」

アマーリアはそういって、グラーフの頰を優しく撫でる。

「大司教が、ルリアのことを不吉だと言ったんだ」

「……まあ。厄災の悪女ルイサ？」

「そうだ。王族に生まれた赤い髪赤い目の少女は不吉だから教会に預けろとな」

「信じられないわ。あなた、当然――」

「もちろん断った。あいつらは信用できない」

アマーリアはグラーフに抱かれて眠るルリアのことを撫でる。

「ルリアはこんなに可愛いのに」


厄災の悪女ルイサの話は、広く国民に知られている。

だが、広く知られている話は正確ではない。

聖王家が滅びる前に、唯一神の教会と口裏を合わせて偽りの物語を広めたからだ。

その偽りの物語はこうだ。

生まれたときから邪悪な存在だったルイサを教会は封じてきた。

だが、成長し力をつけたルイサは暴走した。

教会は総本山と教皇と高位聖職者を犠牲にし、なんとか厄災の悪女ルイサを倒した。

だが、死して強まったルイサの呪いは、国に大きな災害をもたらしたのだ。

「唯一神の教会と聖王家にだけ都合のいい話を信用するのは愚か者だけだ」

「そうね。教会が精霊に対する暴挙に及び、神と精霊の怒りをかったのだと私は思うわ」

アマーリアが言った歴史が、この国の正史だ。

だが、その正史を修正しようとする勢力は、唯一神の教会を中心に未だに根強い。

修正論者は「正史は現在の王家であるファルネーゼ家にとって都合が良すぎる」と主張していた。

聖王家をクーデターにより倒したことの正当性を主張するため。

そして唯一神の教会の力をそぐために、ありもしない暴挙をでっちあげたと考えている。

「丹念に資料を読めばわかることを……愚かな」

ファルネーゼ家とも、聖王家とも、そして教会とも利害関係のない人物の記した資料。

クーデターが起こるずっと前に書かれた王宮貴族や地方貴族の日記の類い。

それらを読めば、聖王家や教会が、精霊に対する暴挙に及ぼうとしていたことはわかる。

「歴史学の教育など、民は受けていないのだから仕方がないわ」

「教育を受けている貴族たちの中にも信じる者がいる。嘆かわしいことだ」

大きくため息をついた後、グラーフは声を潜めてアマーリアに言う。

「……教会がルリアに何かしてくるかもしれない」

「何かって何かしら？　攫《さら》おうとしたり？」

「いや、さすがに王族相手にそこまではしないだろう。だが、噂を流されたりするかもしれぬ」

噂を流されるだけならばまだいい。政治的な圧力などをかけてくる可能性も高い。

「アマーリア。お互い社交界ではこれまで以上に言動に気をつけよう」

「わかっているわ。ルリアを守るためだもの」

「ギルベルトとリディアにも、よく言い聞かせねば」

ギルベルトはルリアの兄、リディアはルリアの姉だ。

「そうね、二人ともしっかりしているけど……子供だもの」

「使用人に対しても、気をつけるように言っておこう」

「それは女主人たる私の仕事よ」

「だが……まだ本調子ではないだろう？」

「もう、すっかり元気」

「いや、しかし、だが……体に気をつけるのだ。無理はいけない」

それから父母は唯一神の教会からルリアを守るために何をすべきか相談したのだった。

◇◇◇◇

命名の儀の翌日。

あたしが目を覚ますと寝台の横に二人の子供がいた。

子犬はいない。きっと隠れているのだろう。

「だーうー？（だれ？）」

「わふ？」

子供に尋ねたら、寝台の下から子犬の声がした。

自分が呼ばれたと思ったようだ。

子犬はすぐに寝台の柵の隙間から顔を出してくれた。

「きゃっきゃ」

子犬はいつものとおり可愛い。

いや、今は子犬よりも子供たちだ。

子供たちの髪色は銀で目は碧い。つまり父と同じ色である。

「あ、起こしちゃったかな？」

男の子は笑顔で、そして小声で語りかけてくる。

「ルリア。はじめまして。そなたの兄のギルベルトですよ～」

「ぁぅ？（あに？）」

兄ギルベルトは十歳ぐらいの男の子だ。

父に雰囲気が似ているが、目元などは母によく似ていた。

「姉のリディアですよ、はじめまして」

「だぁぅ？（あね？）」

姉リディアは、兄よりも少しだけ年下らしい。八歳前後に見える。

髪と目の色こそ父と同じだが、顔立ちは母に似ている。

兄も姉も母似と言っていいだろう。

「ルリアはかわいいね～」

「ねえねえ、抱っこしてもいいかしら？」

「立ったまま抱っこしてはダメです。首がすわってからでなければ」

姉が乳母にお伺いを立てて、断られていた。

首がすわっていない赤子を、子供に抱っこさせるのは危ないという乳母の判断だ。

「はい。残念ね」

姉は心底から残念な様子で、あたしのほっぺをツンツンする。

「きゃっきゃ」

なんか楽しくなってきた。

「僕も、リディアも、ルリアにはずっと会いたかったんだよ」

「でも、どうして命名の儀が終わらないと、兄姉は会ったらだめなのかしら」

姉のリディアが首をかしげる。妹からみても、姉はとても可愛らしい。

「それは精霊の加護の関係だよ。命名の儀の前の乳飲み子に兄姉が近づいたら、母にもらった精霊の加護を兄と姉が持っていってしまうんだ」

「そうなのね」

「リディアが生まれたときも、命名の儀が終わるまで近づかなかったんだ」

「お兄さま、そのとき二歳でしょう？　覚えてるの？」

「もちろん」

「ほんとうかしら？」

そういって、兄と姉は楽しそうに笑った。

どうやら兄は幼いのに博識なようだ。

だが、精霊の加護云々というのは、前世のころにもあった迷信である。

大昔に子供だけに流行った病があり、兄姉からうつされた乳児が死ぬことが多かったらしい。

だから、このような風習が生まれたんじゃないかと、前世の精霊王ロアが教えてくれた。

あたしは教育を受けさせてもらえなかったが、ロアたち精霊が色々教えてくれたのだ。

「若様。リディアお嬢様。こちらにお座りになってください。長椅子に座った状態なら、ルリアお嬢様を抱っこしてもいいでしょう」

「「はい！」」

兄と姉は嬉しそうに、近くにある長椅子に座る。

すると、子犬も嬉しそうに尻尾を振りながら長椅子に乗った。

これから遊ぶと思っているのかもしれない。

「レオナルド可愛いわね」

姉に撫でられて、子犬が嬉しそうに尻尾を揺らす。

レオナルドとはなんだろう？　子犬の名前なのだろうか。

いやまさか、子犬はレオナルドという雰囲気ではない。

「若様。そっとですよ」

乳母が寝台からあたしを抱き上げて、兄に手渡した。

「そうです。右手で首をささえてあげてください」

「はい」

「左手はお尻を支えて、あ、右のひじをまげて、ルリア様の頭を乗せてあげてください」

「はい」

乳母の監視下で兄は壊れものを扱うように、あたしをそっと抱っこする。

すると、子犬はあたしの匂いを一生懸命嗅いでいる。

「ふんふんふんふん」

なぜそんなに子犬はあたしの匂いを嗅ぐのか。臭かったりするのだろうか。

「兄だよ、ルリア。いっぱい食べて、元気に育つんだよ」

「だあ〜」

兄にしばらく抱っこされた後、姉に抱っこされる。

「ルリア。私が姉ですよ。あなたは妹なのです」

「だぅ？」

「妹なので可愛がってあげます。お世話して色々教えてあげます。私は姉なので」

姉はとても嬉しそうに、何度も姉だと名乗る。

妹が産まれたことが嬉しいのかもしれなかった。

「ルリア。いじわるされたら姉が守ってあげますからね」

「あ、ルリアを守るのは兄である僕の役目だよ」

「だーうー」

「わふぅ」

仲の良さそうな兄と姉の会話を聞いていると嬉しくなった。

前世は一人っ子だった。従兄姉《いとこ》はいたが、彼らには苛め抜かれたのでいい思い出はない。

姉に優しく揺らされていると、安心して眠ってしまったのだった。

◇◇◇◇

あたしは赤ちゃんである。名前はルリアだ。

目を覚まして、

「だーう?」

と言ってみると、真横から気配がした。

「はっはっ」

姉にレオナルドと呼ばれていた子犬だ。嬉しそうに尻尾を振っている。

寝台の柵の間に顔を突っ込んで、両前足の爪で、布団にしがみついていた。

「だうー」

「ぴー」

声をかけると、子犬は甘えるように鼻を鳴らした。

「だう？（うばにつれてきてもらったの？）」

「はっはっはっ」

寝台はそれなりに床から高い位置にある。なので、子犬の大きさでは届かないはずだ。

「だう？（まさか、ぶらさがっている？）」

「きゅーん」

次の瞬間、ドサっと子犬が落ちて、見えなくなる。

やはり、前足の爪でしがみついていたらしい。

あたしからは見えないが、後ろ足はぶらぶらしている状態だったようだ。

「だ、だーう？（だ、だいじょうぶか？）」

「あぅ！　あぅ！」

ぴょんぴょん跳んでいるらしい子犬の顔が、チラチラ見える。

元気なようでよかった。それにとても可愛い。

子犬を部屋に連れてきた誰かも、気を利かせて寝台の中に入れてくれればいいのに。

子犬が側にいてくれたら、あたしも楽しいし、嬉しい。

「だう～（だれかおねがい）」

「わふ！」

ぴょんぴょん跳ねていた子犬が、布団に前足でしがみつく。

それからもぞもぞと寝台の中に入ってきた。

子犬は小さいのに跳躍力が凄いうえに、前足の力も凄いらしい。

「だうー（しょうらいゆうぼう！）」

「わぅ」

子犬なのにこんなに強いとは。

それに子犬の足は、小さな体の割にかなり太い。

きっと立派な犬になるに違いない。

「ふんふん」

寝台に上った子犬は、早速あたしの匂いを嗅ぎにくる。

お返しにあたしも子犬の匂いを嗅いでみた。

いい匂いがした。

初めて会ったときは犬臭かったが、綺麗に洗ってもらったのだろう。

「だう？（きれいだね）」

初めて会ったとき、薄汚れた茶色だった毛の色は綺麗な金色になっている。

毛も長くて、モフモフだ。

気持ちよさそうなモフモフを手で摑む。

その手を子犬はペロペロなめてくれた。

楽しい。

「だう～（やっぱり、せいれいに、すかれてる）」

子犬の周囲には精霊たちが集まりキラキラと光っている。

子犬は精霊にじゃれつくように前足を動かし、ころんと転がり仰向けになった。

「まあ、いつのまに！」

用事があったのか、少しの間、どこかに行っていた母が戻ってきて子犬に気付いた。

体力が回復したのか、最近の母はなるべくあたしのそばにいてくれるのだ。

「勝手に入ったら駄目ですよ？　レオナルド」

「だう？（れおなるど？）」

レオナルドと名付けたのは、姉ではなく母だったのかもしれない。

子犬はレオナルドっていう雰囲気ではないが、成長したら似合うようになるかもしれない。

「くぅーん」

「甘えても駄目です」

母は比較的、子犬を見逃してくれることが多い。

だが、今日はダメだった。子犬は侍女に抱っこされて、別室に連れて行かれる。

「ふぎゃああー」

抗議のために泣いてみたが、通じなかった。

「ルリア。お腹が空いたの？　元気ね」

母が抱き上げてくれる。いい匂いがする。柔らかくて温かくて安心する。

前世では、父母が死んで以降、こんなに安らいだ気持ちになることはなかった。

「だう！」

「本当にルリアはいい子ね」

乳房をあてがわれる。

「むぎゅむぎゅ」

子犬を連れて行かないでと抗議していたことなど、どうでもよくなってしまった。

お腹も空いたので、乳を飲む。

「やっぱり、お嬢様はお腹が空いて泣いていたのですね」

乳母がそういって、ほほ笑んでいた。

「そうみたい。ギルベルトとリディアに比べて全然泣かないから、心配してたのだけど……」

「沢山お乳を飲んでおられますし、心配はないと思いますよ」

「きっとそうね」

泣かないことで、母を心配させてしまったらしい。

今度から、多めに泣いてもいいかもしれない。

沢山、飲んだら眠くなる。

あたしは、ゲップをして眠ったのだった。

目を覚ます。

「はっはっ、ふんふん」

子犬が横にいる。

そんな日々を過ごしている。

子犬は誰かに見つかる度に部屋に連れて行かれるのだが、寝て起きたら寝台の中にいるのだ。

不思議な子犬である。

兄か姉が連れて来てくれているのかと思ったが、

「あ、レオナルドがルリアの寝台の中に！」

「母上が入れてあげたのかしら？」

と兄姉ともに驚いていたので、多分違う。

兄姉じゃないなら、母が子犬を寝台に入れてくれているのかと思ったのだが、

「あら、レオナルド。いつの間に」

乳を与えに来てくれた母が驚いているので違うらしい。

「ルリア、今日も可愛いわね」

「だうー」

母は今日も綺麗だ。いい匂いがするし、乳も美味しい。

母が来ている間は、子犬も比較的一緒に居られることが多い。

それを子犬もわかっているのか、母が来ると大喜びだ。

子犬はよく母に懐いているようだ。嬉しそうに母に甘えている。

子犬は兄姉にも懐いている。

兄などあたしの部屋で子犬と追いかけっこして、乳母に叱られていたほどだ。

兄も姉も子犬と散歩するのが好きらしく、よく庭まで散歩に連れて行っているようだ。

あたしも早く大きくなって庭を散歩したいものである。


ある日、あたしはいつものように子犬と精霊投げをして遊んでいた。

精霊投げというのは、ほわほわ漂う精霊を手で掴んで子犬に向かって投げる遊びだ。

もちろん精霊は物質ではないので精霊は掴めない。

だが、魔力で手を覆うことで、投げることができるようになる。

前世でもよくやっていた遊びである。

あたしが精霊を投げると、子犬はそれを口で優しく受け止めて、こちらに持ってくるのだ。

やはり、子犬は特別な犬らしく、精霊を見ることができるうえに咥えることもできるらしい。

それの繰り返し。単純だが楽しい。

前世の精霊たちはあたしに投げられると、凄く喜んでくれたものだ。

自我のない幼い精霊たちにとっては、投げられることは刺激になるらしい。

その刺激は発育によい影響を与え、自我が芽生えるのが早くなると精霊王ロアが言っていた。

あたしが精霊投げを楽しんでいると、
――カシャン
と、窓の割れる音がした。窓が割れたわりに、静かな音だ。
その窓から黒ずくめの二人の男が入ってくる。
「な、なんですか！　あなたたちは！　無礼な！」
少し離れた場所で本を読んでいた乳母が慌てている。
乳母の知り合いではないらしい。つまり不審者だ。
怖い。だが寝返りも打てない赤ちゃんだから逃げられない。
「誰か！　曲者で――」
人を呼ぼうと叫んだ乳母は強《したた》かに殴られて床に倒れる。
乳母を倒した不審者はまっすぐにこちらに歩いてきた。
誘拐？
父は王族らしいし、子供のあたしは誘拐される価値があるのだろう。
頭の片隅で冷静にそんなことを考えながら、恐怖のあまり「だああああう！」と叫ぶ。
だが、いかんせん赤ちゃんなのだ。うまく叫べた気がしない。
「ふぎゃああああああ！」
だから、力一杯泣いた。
だが、不審者、いや賊はひるむことなく近づいてくる。

「がるるるるる」

子犬も賊に気付いて一生懸命に威嚇しているが、子犬なので怖くない。

「うっとうしい犬だ」

賊は忌々しそうにそう呟くと、子犬に向かって手を伸ばす。

きっと掴んで放り投げるか、殺すつもりだ。

「ふぎゃああああああ（にげて）」

「がうううがうがうがううがあああう」

子犬は、小さい体を震わせて、力一杯咆哮すると賊に跳びかかった。

「うっとうしい！」

訓練された動きで賊はナイフを抜いて、子犬を切り殺そうとする。

だが、驚異的な動きでナイフを躱《かわ》すと、子犬は賊の顔面に覆面の上から噛みついた。

ナイフがかすり、子犬の毛皮が赤く染まるが、全く怯まない。

「ふぎゃあああだあああ！（だれかたすけて！）」

きっとこの騒ぎに誰かが気づいて駆けつけてくれるはずだ。

そう信じて、全力で泣く。

「ぎゃああ！　この！　放せ！」

「がるるるる！」

賊は子犬を引きはがそうともがくが、子犬はしがみつく。

必死に爪をたて、牙を賊の顔に突き立てている。

「この、クソ犬がっ！」

もう一人が、子犬に向けて手をかざし、自我のない幼い精霊の魔力がその手に集まっていく。

火炎魔法が放たれる！

「だぁ！（だめ！）」

そのとき、不思議なことが起こった。

賊の手に集まりかけていた精霊の魔力が霧散したのだ。

「は、発動しない？　魔法が発動しない！」

「はっ？　なにをわけわからんことを！　ならナイフで刺し殺せ！」

なぜかわからないが、賊は魔法を使えないようだ。

魔法を撃てなかった賊がナイフを抜いて、子犬に向かって振りかぶる。

「だだあああ！（やめろ！）」

子犬が刺殺されると思ったあたしは全力で叫んだ。

なんとか止めたいと心の底から願いながら。

――ダン
次の瞬間、大きな音が鳴り、子犬にナイフを突き立てようとした賊が壁まで吹き飛んでいた。

「えっ？」

子犬に顔にしがみつかれている賊があまりにも驚いて固まった。

あたしも驚いた。

それとほぼ同時に、大きな音とともに扉が開かれ、賊の下半身が凍り付く。

「我が娘に触れることは許さぬぞ」

扉を開け、賊を凍らせたのは父だった。

父は優秀な魔導師だったらしい。魔力の流れが美しかった。

下半身を凍らされた賊と、壁まで吹き飛ばされた賊は、父の家臣たちにあっさりと捕縛される。

賊が拘束されると、子犬はすぐにこちらに駆けて来て、寝台に上がってきた。

「だーう（けがにんがいるよ！）」

あたしは泣き止んで、子犬と乳母を助けて欲しいと声を出す。

泣いたら、あたしの方に皆が集まってしまい、かえって乳母の手当てが遅れるかと思ったのだ。

「ルリア、大丈夫か。怪我はないか？」

だが、父は真っすぐにあたしに駆け寄った。

「だう（けがはない！）」

無事だと力強くアピールしておく。

その間に乳母は家臣たちに介抱されている。

治癒術師の手配を始めているので、きっと大丈夫だろう。

「きゅーん」

子犬も寝台に眠るあたしの匂いを嗅ぎに来る。

「だーう……だう？（だいじょうぶ？）」

「くーん」

子犬はあたしの頬を舐めてくれる。

可愛らしいフワフワの毛皮は赤く染まっていた。

「だぅ……（こいぬのけががはやくなおりますように）」

心底から願う。

「だう……（うばのけがもはやくなおりますように）」

「怖い目に合わせてすまなかった。もう大丈夫だからな」

父に優しく撫でられると、安心してしまい、あたしはすぐに眠りにおちたのだった。

◇◇◇◇

ルリアが眠りに落ちるほんの少し前。

父グラーフは、一瞬、ルリアから治癒魔法の気配を感じた気がした。

気のせいだろう。そう考えて家臣に尋ねた。

「乳母殿の怪我の状態は？」

「ありがとうございます。私は大丈夫です。今では痛みは全くなく」

ほとんど意識を失っていたはずの乳母が、はっきりと答えたのでグラーフは驚いた。

それだけでなく、家臣に介抱されていた乳母が立ち上がろうとする。

「動いてはいけない。頭を打ったのだから」

「いえ、本当に……」

大丈夫なわけがない。頭から血が流れていたし、近くには血の付いた鈍器が転がっているのだ。

「ルリアを守ってくれたこと、感謝する。このグラーフ、そなたの忠義を忘れることはない」

「もったいないお言葉……」

そこに駆けつけてきた治癒術師が言う。

「怪我は……ありませんね」

「そんなわけが……」

「ですが、殿下。本当にどこにも傷も怪我もありません」

「脳内に怪我がある場合も」

「もちろん、それも調べました。たしかに血は付着していますが、返り血でしょう」

「そ、そうか。怪我がないならなによりだ」

そんなわけはない。だが乳母は完全に無傷だった。

その後、治癒術師はルリアと子犬を診察し、完全に無傷だと請け合った。

「ありがとう。怪我がないようでよかった」

グラーフは安堵すると同時に、不可解な出来事に疑問を覚えた。

◇◇◇◇

ルリアは眠りに落ちる直前、無意識で治癒魔法を発動させた。

本人も気づかぬうちに一瞬で子犬と乳母の怪我を完全に治していたのだ。

赤ちゃんなのに魔法を発動させたルリアは、さすがに疲れてすぐに眠りに落ちたのだった。

「きゅーん」

一瞬で傷が治った子犬は、眠りに落ちたルリアの頰を舐める。

『こわかったよー』『うわーん』『るりあさまー』

そして、精霊たちは、寝ているルリアに、ぴったりくっついて泣いた。

成長して話せるようになった精霊も、中身は幼児同然なのだ。

人が好きな精霊たちは、人が争うことを嫌う。

人間の感覚でいえば、拘束され口を塞がれて、愛猫と愛犬の殺し合いを見せられるようなもの。

恐ろしいし、何よりなにもできない自分が悲しい。

人の争いを見る度に、精霊は泣いているのだ。

『よくやったぞ。ルリア様をよくぞ守ったのだ』

精霊王も恐怖を感じて悲しかったが、頑張って自分を奮い立たせて子犬をねぎらう。

「きゅーん」

『偉いぞ。ダーウは立派な守護獣なのだ』

『えらい！』『ありがとう、だーぅ』
精霊たちは子犬のことをダーウと呼ぶ。
なぜなら、子犬自身が自分をダーウと認識しているからだ。
ルリアが子犬を見て「だーう」と言った。そのときから子犬はダーウだった。
レオナルドが何を意味する言葉なのか、ダーウにはよくわからなかった。
「ふんふん。はっはっ」
ダーウはルリアの匂いを嗅ぐ。とても安心できる良い匂いだ。
安心したダーウはとても眠くなった。
激しく動いたうえに、ナイフで斬られたのだ。
ルリアによって怪我を治してもらったとはいえ、体力を失い疲れてもいた。
『眠るがよいのだ。ダーウ』
「……くーん」
『起きたら、またルリア様を頼むのだ』
「あぅ」
『るりあさまをおねがいね』『かっこよかったよ、だーぅ』
精霊たちに褒《ほ》められながら、ルリアのいい匂いに包まれて、ダーウは眠りについた。
ルリアとダーウの寝顔を見て精霊王は呟く。
『……それにしても』

ルリアは賊が発動しようとした魔法をキャンセルした。

『自我のない精霊に……いうことを聞かせたのだ……』

一般的な魔導師は、まだ自我のない幼い精霊に力を借りて魔法を行使する。

彼らは自我がないゆえに、意思もないし、善悪の判断もつかないし、好悪の念もない。

それゆえに、ただ人に求められるまま力を貸してしまうのだ。

その自我のない精霊たちにルリアは「だぁ！（だめ！）」の一言でいうことを聞かせた。

『しかも……賊を吹き飛ばしたのは風魔法。そして治癒魔法も二連続で……』

そのすべてをルリアは無意識で行っている。

人であり精霊でもあるとはいえ、ルリアの力は強すぎた。

『さて、そなたたち』

『なに？』『おこる？』

あんなことがあったので、当然だが、いつもより精霊たちは元気がなかった。

『怒ったりはしないのだ』

精霊王は優しい声で精霊たちに言い聞かせる。

『以前ルリア様は赤子ゆえ力を貸さぬようにと言ったのだ』

『うん、きいた！　つかれるもんね』

精霊たちがうんうんと頷き合うように、上下に揺れる。

『そうだ、赤子に力を貸すのは基本的に避けるべきことなのだ』

精霊に魔力を借りて魔法を放つこと。

それは、人がご飯を食べて走ることに似ている。

走るための力を人は食事から得る。

だからといって、食べながら走っても、ずっと走りつづけられるわけではない。

食べて消化し、それを体力に変換するのにも力を使う。

食べ物が精霊からの魔力で、魔法の発動が走ることのようなもの。

精霊から魔力供給を受け続けていても、魔法を発動すればとても疲れるのだ。

『……ルリア様は、我らが力を貸さなくとも魔法を使ってしまうのだ』

『ふむ？』『ほむ？』

『だから少しは力を貸した方がよいかもしれぬ。うーむ。やはり我だけが力を貸すのだ』

『えーなんで？』『ぼくらもるりあさまにまりょくあげたい！』

『無尽蔵に与えてはだめなのだ。加減できる成長した精霊が貸すのでなければ危険なのだ』

『えー』

『わかったのだな？』

精霊たちに言い聞かせたあと、精霊王は、

『健やかに育ちなさいませ』

そういって、ルリアの額に祝福のキスをした。

◇◇◇◇

精霊王が精霊に言い聞かせていた頃、人間たちは大騒ぎだ。

ちょうど入浴中だった母が濡れた髪のまま駆けつけて、眠っていたルリアを抱きしめて泣いた。

別室にいた兄と姉も慌てて駆け付けた。

捕らえた賊を牢に連れていき尋問が始まり、その背後関係や目的の調査が始まった。

侵入経路の確認と警備の穴を塞ぐ処置も進められる。


その日の夜。襲撃から数時間後。

父グラーフは執務室で考え込んでいた。

「……ルリアが魔法を使っているとしか考えられぬ」

レオナルドも乳母も怪我をしたはずだった。だが無傷だ。

治癒術師は返り血と言っていたが、賊の出血を見れば違うことはあきらかだ。

グラーフは産後直後、アマーリアに起きた奇跡を思い出した。

「やはり、ルリアは特別な子なのかもしれぬ」

ルリアの顔が見たくなったグラーフは、ルリアの部屋へと向かう。

ルリアの部屋の扉は開かれていて、中には妻アマーリアとギルベルトとリディアがいた。

妻子たちは、眠っているルリアの周りで、目を覚ましたレオナルドと遊んでいるようだ。

グラーフは部屋に入らず様子をそっと窺《うかが》った。

「レオナルド、おいでー」

「……」

「レオナルドは呼んでも来ないのよ。レオナルド。おやつよ」

「わふ！」

呼びかけに反応しなかったレオナルドは、リディアが干し肉を見せると駆けよった。

「……だーうー」

そのときルリアが寝言を呟いた。

「はっはっ」

干し肉目掛けて走っていたレオナルドが、くるりと振り返ってルリアのもとに駆けていく。

ルリアの寝台にぴょんと飛び乗って、ふんふんと匂いを嗅ぐ。

それで気が済んだのか、寝台から降りると、干し肉を持つリディアのもとに走っていく。

「レオナルドは、ルリアの寝言を聞いたらすぐに駆け付けるのね」

リディアがくすりと笑うと、ギルベルトが呟いた。

「…………僕、わかったかも」

「お兄さま。なにがわかったの？」

「うん。見てて。ダーウーおいで」

「わふ？」

ギルベルトに呼ばれると、干し肉を放置してレオナルドは近寄っていく。

「やっぱり」

「どういうことかしら？」

近くで子供たちの様子を見ていたアマーリアが首をかしげる。

三児の母となったというのに我が妻は、相変わらず美しい。

「母上。レオナルドは、自分の名前をダーウーだと思っているのです」

「そうなの？　ダーウー、こっちにいらっしゃい」

「はっはっ」

ダーウーは嬉しそうにアマーリアのところに走っていった。

それをみてリディアが呼ぶ。

「ダーウ、おいでー」

「はっはっ」

「ダーウーじゃなくて、ダーウなのかも？」

「そうかな？　ダーウ」

「はっはっはっ」

ダーウと呼ばれるたび、尻尾がちぎれそうなほど振って、駆け寄ってくる。

「レオナルド、こちらにいらっしゃい」

「…………」

「やっぱりそうなのね。あら、あなた。そんなところで何をしていらっしゃるの？」

気配を消して陰から窺っていたグラーフだったが、アマーリアに気付かれた。

グラーフは仕方がないので部屋の中に入り、扉をしっかりと閉める。

「いやなに、子供たちが仲良く遊んでいるのを見ていたくてね」

「それなら、中に入って近くでご覧になればよろしいのに」

そんなグラーフにギルベルトが嬉しそうに言う。

「父上！　レオナルドはどうやら自分のことをダーウだと思っているようです」

「よく気づいたね。ギルベルト」

グラーフは褒めて息子の頭を撫でた。

「ダーウ」

「わふ？」

「よくルリアを守った。感謝する」

「わう～」

「これからも頼む」

「わふ！」

ダーウは任せろと言っているかのように、胸を張って尻尾をぴんと立てた。

それから、グラーフは妻と子供たちに言う。

「ルリアについて、大切な話がある」

アマーリアと子供たちはきちんとグラーフを見た。

「赤い髪と目を持つルリアは目立ってしまう。特に厄災の悪女を出した我が一族の娘だからね」

「はい」

「だからルリアに何が起こったのか、ルリアがどんな子か、よそで話してはいけないよ」

襲撃者の話やアマーリアの呪いの話をすれば、ルリアの特異性に誰かが気づくかもしれない。

そして、その特異性はいい意味では受け取られないだろう。

厄災の悪女の生まれ変わりと、誹謗中傷する者が出てもおかしくない。

実際、唯一神の教会の大司教は、教会に預けろと言ってきたぐらいなのだ。

「ですが、父上。どんな小さなこともですか？」

「そうだな。言っていいことと、言ってはいけないことの判断はそなたたちには難しかろう」

「そんなことは……」

「そなたたちが幼いから、そう言っているのではない。襲撃者の背後がわからぬゆえな」

「政治的……判断ってやつね。父上」

なぜか、リディアが目をキラキラと輝かせていた。

「そうだ。敵が誰かわからないならば情報は少しも漏らさない方がいいだろう？」

「わかりました」

「二人ともいい子だ」

グラーフはギルベルトとリディアを抱きしめた。

それから寝台に近づき、ルリアの寝顔を見る。とても愛らしい寝顔だった。

ルリアはきっと神に愛された子なのだ。

こんなに可愛いのだから、神もきっと愛しているに違いない。

アマーリアを苦しめた呪いも、ルリアを抱いたら消え去ったぐらいだ。

きっと、神が可愛いルリアを産んだご褒美に解呪してくれたのだろう。

我ながら、親バカだとは思うが、そうとしか思えなかった。

「だー……ふぎゅ」

ルリアは寝言まで可愛い。

寝たまま手足を動かそうとしている。その仕草も可愛い。


事件の直後、ダーウの毛皮は血塗れだった。だが、無傷だったのだ。

それは、まるで重傷を治癒魔法で癒やされたかのようだった。

そんな強力な治癒魔法を使える者などいない。国一番の治癒術師でも無理なこと。

重傷ならば、数十分、数時間、いやときには数日かけてゆっくりと治療を施すのが一般的だ。

それを、あの一瞬で。

「ルリアは神に選ばれし、いや、精霊に愛されし娘なのかもしれないな」

グラーフは愛する妻を抱きしめた。愛する娘の類い希《まれ》なる能力は隠さねばなるまい。

そう心に決めた。

◇◇◇◇

次の日の早朝には、ヴァロア地区の大司教サウロはルリア襲撃の事実を知った。

ちなみにサウロは、ルリアに名を付け、その後守護獣たちに襲われた大司教である。

サウロは配下の者たちにルリア周辺を探るように命じていたのだ。

「猊下、どういたしましょう？」

襲撃の事実を報告し終えた司祭は、全身傷だらけで寝台に横たわっているサウロに尋ねた。

「ルリアさまが襲われるとは、ゆゆしき事態ですね」

「……まさか襲撃が失敗するとは」

思わず呟いた司祭に、大司教は目を剝いた。

「……その言葉、あなたは神を冒瀆されるのですか？」

「え？　そのようなつもりは」

「悔い改めなさい。ルリア様を守る。それが神のご意思ですよ？　教えたはずですよね？」

「で、ですが……」

司祭は、たしかに聞いていた。

だが、まさか本気で大司教が言っているとは思わなかったのだ。

周辺を探るようにと言う指示も、弱みを握るためだと思っていた。

大きな隙があれば、襲撃し、大けがを負わせて脅してもいい。なんなら暗殺してもいい。

それが、これまでの大司教の、いや、唯一神の教会における一般的な手口だったからだ。

「ですが？　まさか神の尊きご意思に意見しようと、そういうおつもりなのですか？」

「め、滅相もありません。考え違いをしておりました」

平伏しながら司祭は先日のことを思い出す。

先日、大公爵邸の近くの森で、サウロは瀕死の重傷を負った。

助け出されたサウロは「ルリア様を見張れ」と命じたのだ。

もちろん口では「ルリア様を守るためだ」とは言っていた。

だが、そんな発言は、もし明るみに出たときのための保険と考えるのが普通である。

見張っていることがばれたときに、守るためだと言い訳するためのもの。

危害を加えたことがバレたときに、部下が勝手にやったことだと言うためのもの。

唯一神の教会の高位聖職者は、はっきりとは命じない。

その言葉の裏の意味をいかに正確に忖度できるか。それが出世の早さを決めるのだ。

「まさか、本当にルリア様を守ることが、神のご意思だとは……思わず……」

「では、改めて告げましょう。それが神のご意思なのです。理解しましたね」

そう言うと、サウロは寝台から立ち上がる。

気絶しそうなほどの痛みがサウロを襲う。

「あ、あぁ……」

その痛みにサウロは恍惚の表情を浮かべた。

礼拝や活動に支障を来さないよう、骨折だけは治したが他はそのままだ。

神の御使いにつけられた尊き傷だと、サウロが思っているからである。

卑小なる自分が道を誤りかけたときに、神が正してくれた。

痛みと傷は、その尊き証なのだ。

立ち上がったサウロは、傷だらけの顔を司祭にゆっくりと近づける。

周囲に血の臭いが漂った。動いたことで傷口が開いたからだ。

「猊下、どうか治療を……」

「構いません。これは私が神に愛された証なのですから」

「ですが、せめて、化膿止めを塗ることと、包帯を替えることをお許しください。このままでは神聖なる礼拝所を血でよごすことになりましょう」

「……そうですね。お願いします」

椅子に座ったサウロに、司祭は化膿止めを塗り、新しい包帯を巻いていく。

「それで、誰がルリア様を襲撃するなどと言う愚か極まることを？」

「証拠はありませんが、ほぼ確実に――」

司祭が告げたのは別のとある大司教の名だ。

大司教の中でも、精霊信仰の弾圧に熱心な過激派で知られている。

「そうですね。彼でしょう。私兵の動きも、襲撃を準備していたと考えれば辻褄が合います」

ルリアが「厄災の悪女」と同じ髪と目の色だと知れば、その大司教は攫おうとするだろう。

攫えなければ、殺そうとしても、何の不思議もない。

その大司教がまさか実行に移すとは予想していなかった。

だが、もっと深く分析すれば、予測できたはずだ。

襲撃を事前に防げなかったのは自分の落ち度だとサウロは考えた。

「おお、神よ、お許しください、この愚かな子羊をどうか……」

治療途中に、突然ひざをつき祈りはじめたサウロを、司祭は見つめることしかできなかった。

祈りを終えた後、何事もなかったように、サウロは椅子に座りなおす。

「大公家にお見舞いを出すべきですね」

「そのようなことをすれば、猊下が犯人だと思われるのでは？」

自分で襲っておいて、直後に見舞いを出すのは、唯一神の教会が行なう一般的な手口だ。

恐怖心を植え付けた直後、襲撃が一般に知られる前にお見舞いすることで犯行を匂わせるのだ。

お見舞いには「次はこの程度ではすまぬぞ？」と更に脅す効果もある。

「構いません。それよりも首謀者として疑わしき大司教の名を大公に教える方が重要です」

そうすれば、大公家の捜査の助けになるだろう。

サウロも大公に信頼して貰えるとは思っていない。

教会内の内紛だろうと考えて貰えればそれでいい。

「手紙を認《したた》めます。少し待つように」

サウロは手紙で、お見舞いの言葉を記し、命名の儀の無礼を詫びる。

それから自分の調査結果を包み隠さず全て記した。

「これを届けなさい」

「畏まりました」

「さて、後は神敵退治といきますか」

唯一神の教会の内部には、神の敵が多すぎる。誠に嘆かわしいことだ。

「神よ。あなたの忠実なる下僕の働きをごらんください」

そう呟いて、サウロは怪我人とは思えない動きで、教会の中を平然と歩いて行った。

◇◇◇◇

直後、唯一神の教会では内紛が起こった。

わずか二年の間に過激派として有名な三人の大司教が平司祭に降格され、辺境の小さな教会に飛ばされた。

それだけでなく、一人の大司教は不可解な事故で突然亡くなったのだ。

その死んだ大司教こそ、ルリア襲撃の首謀者とされた人物である。

教会の内紛に、大公グラーフが介入していたことは、貴族や高位聖職者ならば皆が知ることだ。

皆知っていても、恐怖のあまり誰も口にできず、公然の秘密とされた。

◇◇◇◇

襲撃事件の三日後。

目を覚まして「だーう？」と呼びかけると、

「はっはっはっ」

すぐ隣に居た子犬が凄い勢いであたしの匂いを嗅ぎに来る。

「だーう～（おはよ）」

「きゅーん」

子犬は仰向けになって、あたしの手の下に自分の体を入れようとしてくる。

撫でて欲しいのかもしれない。

「だう（しかたないなー）」

あたしは赤ちゃんなので、手足を自由に動かせない。

だが、手の下に体を差し込まれたら、こちらも頑張らねばなるまい。

「だうだうだう！」

「ぴぃー」

手を動かして、子犬を撫でる。

いや撫でると言うよりペシペシ叩いているという表現の方が正確かもしれない。

だが、子犬は大喜びなので、いいと思う。

あたしが子犬と遊んでいると、

「あら、ダーウ。ルリアお嬢様が起きたのね」

「わふ」

「教えてくれてありがとう」

乳母がそういって、あたしのことを優しく撫でてくれた。

「だーう？（ダーウ？）」

「あぅ」

子犬は嬉しそうに尻尾を振っている。

なぜかわからないが、どうやら子犬はレオナルドではなく、ダーウという名になったらしい。

ダーウの方が子犬に似合っているのでいいと思う。

それにダーウはあたしの寝台の中に入る権利を手に入れたらしい。

襲撃のあった日から、あたしが目を覚ますと寝台の中にダーウがいる。

そのうえ、母も乳母もダーウを外に出そうとはしなくなった。

きっと襲撃者からあたしを守ったからに違いない。

父と母は忠義を示した者には報いる方針なのだろう。

「だう～（ちち、ありがと）」

この場にはいない父にあたしはお礼をいった。

「だーう（ダーウもありがと）」

「きゅーん」

ダーウは嬉しそうに、あたしの手をベロベロ舐める。

ダーウは身の危険を顧みず、あたしのために戦ってくれた。

まだ赤ちゃんなのに、立派な忠犬である。

ダーウと遊んでいたら、姉が遊びにきてくれた。

「ルリア。起きたのね。今日も可愛いわね」

「きゃっきゃ（ねーさまもかわいい）」

「姉がご本を読んであげるわ！」

姉は本を読んでくれるし、子守歌を歌ってくれる。

姉の子守歌を聴いていると、眠くなる。

いつもダーウと一緒に眠ってしまうのだった。


次に目を覚ますと、寝台のそばに父がいて、代わりにダーウはいなかった。

ダーウは大体いつも寝台の中にいるが、父が来ているときには、部屋の外に遊びにいく。

きっと屋敷の中を、走り回って散歩しているのだろう。

父にならあたしの護衛を任せられると、ダーウは思っているのかもしれない。

ダーウは犬なのだから、もっと走った方がいい。だから父も、もっと遊びに来た方がいい。

「ルリアは可愛いなぁ」

「きゃっきゃ」

父に甘えていたら、母に抱っこされたダーウが戻ってきた。

「どうしたのだ？　アマーリア」

「躾《しつけ》しないといけないの」

そういって、母はダーウを床に置いてお座りさせると、目をじっと見つめた。

「ダーウ」

「わふ!?」

「ダーウ。あなたのトイレはここ」

「わふ？」

「ここ以外でおしっこをしてはいけないの」

「わーう？」

ダーウは何を叱られているのか、わかっていないようで、首をかしげている。

そんなダーウをみて父は笑う。

「またやってしまったのか？」

「そうなの。縄張りを主張したくなったみたいで」

どうやら、屋敷の数か所におしっこをかけて回ったらしい。

ダーウは恐ろしいことをするものである。

「私の部屋に置いたトイレでしないから、仕方なくルリアの部屋にトイレを置いたのだけど」

「効果がないか」

「そうなのよ。どうしようかしら。外飼いにするしかないかしらね」

それは可哀想だ。

ダーウはあたしの部屋ではうんこもおしっこもしない賢い子犬なのに。

いや、待て。

あたしの部屋でしないかわりに、屋敷の色んな場所でトイレをしているのではなかろうか。

「だーう！」

「わふ？」

「だぁぁぅだう（ダーウ。トイレはちゃんとするの）」

「わふぅ」

もしかしたら縄張りを主張することで敵の侵入を防ごうとしているのかもしれない。

ダーウなりに精一杯あたしを守ろうとしてくれているのだ。

だが、ダーウの縄張りの主張は人族には通じない。無意味な放尿である。

「だう！（そんなことしてたら、外につれていかれる！）」

「わふっ!?」

ダーウにあたしの「だうだう」しか言えない言葉など通じるわけない。

そうわかっていても、精一杯説得する。

言葉が通じなくとも身振りも出来なくとも、なんかこう、あれがあれで、良い感じに、意味が通じる可能性がなきにしもあらずの気がしたのだ。

前世の頃、ヤギの言葉はわからなかったし、ヤギたちもあたしの言葉を理解していなかった。

だが、意思の疎通は、不思議とできたのだから。

「だうだうだーう（そのすなのうえでといれするの）」

「ばふ！」

ダーウは吠えると、歩き出す。

「ダーウ、まだお話はおわって……」

母がとめようとしたが、ダーウはまっすぐにトイレに向かう。

そして見事にトイレをしてみせたのだった。

「そう。それでいいの。ダーウ、わかってくれたのね」

「わふ！」

母に褒められて、ダーウは自慢げに尻尾を揺らした。

「やはりダーウは賢い子犬だね」

「わう！」

父にも褒められて、ダーウはご満悦だった。

その日から、ダーウはトイレを完璧にこなすようになった。

それだけでなく、トイレをした後、「わうわう！」と大きめに吠えて、侍女に報《しら》せるのだ。

おかげで、部屋の中があまり臭くならない。

「ダーウは本当に賢いわね」

「わふ～」

侍女にも褒められて、ダーウはご満悦だった。

それで気を良くしたのか、

「わふ！　わふっ！」

あたしが、おしめの中にトイレをしても、吠えて報せるようになった。

「ん？　ダーウ、ルリアお嬢様も、おトイレですか～」

「わふ～」

乳母におしめを替えられるあたしを、ダーウはいつもどや顔で見つめるのだ。

「ルリアお嬢様は、本当にお泣きにならないから助かるわ。ダーウえらいえらい」

「わふぅ」

ダーウは沢山褒められた後、あたしの頭を前足でペシペシする。

「だーう？」

「わぅ」

そして、尻尾を勢いよく振る。

きっと、ダーウはあたしを褒めてくれているのだ。

自分が褒められるとき、頭を撫でられてうれしいから、あたしにもしてくれているのだろう。

正しい場所でトイレをした自分が褒められるように、正しい方法でトイレをしたあたしも褒められるべきだ。

そうダーウは思ったのだ。

「だう！（ありがと）」

あたしはそんなダーウの頭を両手でぱしぱしとする。

ダーウは嬉しそうに「わふ」と鳴くと、寝台を飛び出て扉の方に走っていった。

「ダーウは今日も元気だね」

そして、遊びに来た兄にダーウは勢いよく飛びついた。

三章　八か月　ハイハイしかできないルリアの探検

生まれてから八か月が経った。昨日、母と乳母がそう話しているのを聞いたのだ。

「だうだうだうだう！」

今日も今日とて、ハイハイして部屋の中を動き回る。

「ルリアは元気ね」

「本当に。ルリアお嬢様は母乳も沢山お飲みになりますし」

母と侍女が優しい目で見つめてくれている。

あたしがハイハイするようになると、部屋の絨毯が新しくなった。

そのうえ、みんなあたしの部屋の中では靴を脱ぐことになった。

だから、思い切ってハイハイできる。

「はっはっ、ぴぃ～ぁう」

あたしがハイハイすると、ダーウが尻尾を振って追いかけてくる。

「だーう……」

「わふ？」

八か月になったので、あたしもほんの少し話せるようになった。

まだまだ、舌が回らないから少しだけだ。

「大《で》きくなったな？」

「わふ」

ダーウが自慢げに胸を張ってお座りする。

出会ったばかりの頃、あたしより小さかったダーウは、小柄な狼ぐらいまで成長した。

立ち上がれば前足を母の肩に乗せることができるぐらいだ。

「…………」

あたしはしばらくハイハイした後、母の様子を窺《うかが》う。

「わふ？」

どうしたと言いたげなダーウが首をかしげる。

「だーう」

「わう」

ダーウを呼び寄せると、ダーウは伏せて耳をあたしに寄せてくれる。

「……外に探検《たんけん》に行く！」

「あう」

探索するには母の目をかいくぐって、部屋の外に出なければならないのだ。

ダーウもあたしの意を汲んで、小さな声で吠えてくれる。

「ふんふんふん」

ダーウはあたしを隠すようにお座りすると、鼻をふんふん鳴らしながら母の様子を窺った。

ちなみに乳母は今日はお休みだ。

乳母は母乳が出なければ務まらない。

当然、乳母にはあたしと同い年の子供、いわゆる乳母子《めのとご》がいる。

だから、毎日来られるわけではないのだ。

生まれたばかりの頃、乳母は使用人に乳母子の世話を任せてあたしの世話をしてくれていた。

その分を埋め合わせるかのように、今は乳母子との時間を多くしている。

この部屋に乳母子を連れてくればいいのにと思うかもしれないが、そうもいかない。

再びあたしが襲われたときに、乳母子を巻き込みかねない。

だから、母が乳母子を連れてくるなと命じたのだ。

そんなわけで乳母子に、あたしは会ったことがない。でも、いつか会いたいと思う。

「わう」

きっと会えるよとダーウが言ってくれている気がした。

そんなことより、今は屋敷内の探索が大切だ。

「見張《みは》って《て》」

「あう」

あたしもチラリと母を見る。

「奥方様、公爵閣下と侯爵閣下からの招待状が同日に」

「まあ、困ったわね。どちらが先に送ってくださったの？」

そんなことを侍女と話しながら、母は仕事をしている。

「今《い》が《ま》チャンスだ！」

「……あぅ」

大きなダーウが前足と口を器用に使って、把手《とって》をひねる。

音もなく静かに扉がわずかに開いた。

「ありがとう《あいあと》」

その隙間から、喜び勇んで部屋の外に出る。

いつも父に抱っこされて見る廊下を、低い視点から見ると新鮮だ。

部屋の外に出られたらこっちのものである。

「だうだうだうだう！」

自慢の高速ハイハイで廊下を進むと、ダーウがぴったりと付いてくる。

「屋敷《はあく》の構造把握！」「わふ」

構造把握は大切だ。

万が一のときはハイハイで逃げなければならないのだ。

どこに何があるか、知っておかねば逃げ遅れる。

「だうだう！」「あぅあぅあぅ」

元気にハイハイしていると、ダーウも楽しくなったのか、あたしの周りをピョンピョン跳ねる。

調子よく進んでいると、曲がり角で人にぶつかった。

「……だう？」「わふ？」

「あ、ルリア。こんなところまでハイハイできたの？」

「まずい《まじゅ》！」

「まずくないよ。見つかって良かったよ」

兄に見つかってしまった。兄の周りには、いつもふわふわした精霊が飛んでいる。

「逃げる《にじぇ》よ！」

方向転換して逃げようとしたが、所詮はハイハイ。

「ルリア。だ～め。兄から逃げないで」

「まだ探索《たさくしゅる》するの！」

「だめだよ、探索なら、兄と一緒にしようね。あぶないからね」

兄に抱っこされてしまった。

ダーウは遊んで貰えると思っているのか、嬉しそうに兄の周りをぐるぐる回っている。

「ダーウ、ルリアの子守お疲れさま」

「わふ！」

ダーウは誇らしげに尻尾を振っている。

「あのね、ルリア。廊下をハイハイしたらダメ。汚いからね？」

「汚い《きちゃな》かー」

「そうだね、汚いんだよ」

あたしの部屋は土足禁止だが、廊下はみんな靴を履いて歩いている。

汚いと言われれば、確かにそうだ。

「ルリアはすぐ、手をぺろぺろするからね。特にダメだよ」

「そ《し》んな《に》こと《ゃ》しな《い》い！」

「そっかー、しないのかー。でも汚いからねー」

したことない。いや、あるが、たまにである。

「リディアは大人しかったけど、ルリアは元気だねー」

「むふー」

「こんな所まで来るってことは……探検したいの？」

「する《しゅる》」

「うーん、じゃあ、母上に許可をもらってから屋敷の中を見てまわろうか」

「自分《ん》でまわ《だ》りたい《ー》のだ」

あまり長い言葉はやっぱり話せない。

でも、八か月でここまで話せるのは凄いと思う。

姉も昨日、「ルリアは言葉が早いわね」と言っていた。

「自分で見てまわりたいの？　それはもう少し大きくなったらね」

「むふー」

兄は不明瞭なあたしの言葉を理解している気がする。

不思議なこともあるものだ。

「ルリアがいないことに気づいたら、母上が心配するからね」

「それもそうだね《しょかー》」

「うん、そうなんだ。気をつけないとね」

「わかった《わきゃた》」

兄に連れられて、自室に戻ると、

「ルリア！　いつの間に！」

と母が驚愕し、ぎゅっと兄ごと抱きしめられた。

「は、母上……」

母に抱きしめられて、兄は照れていた。

「兄さま、良かった《よき》な」

兄もしっかりしているし、あたしからみたら凄く大人だが、まだ十歳。

客観的にみれば、まだまだ子供なのだ。

「どうやって、ルリアは外に出たのかしら。扉を閉めておいたのに」

「ダーウが開けたのでしょう」

兄が指摘して、兄と母の視線がダーウに向かう。

あたしも一緒になってダーウを見た。

「…………」

ダーウは無言で目をそらす。怒られると思っているのだろう。

数日前、ダーウが捕まえてきた虫をあたしが口に入れようとして怒られたときも、同じようにダーウは目をそらしていた。

あのときもダーウは悪くなかった。

あたしがおやつに虫を食べたいに違いないと、ダーウは思っただけなのだ。

ダーウの純粋な親切心である。

「だーうは悪くない《だう、わるにやぃ》」

ダーウは悪くないと、兄の腕の中で手足を元気に動かしてアピールしておく。

実際、今回もダーウはあたしの指示に従っただけである。

そしてあたしが怪我しないように見守ってくれていた。

ダーウは何も悪くない。

「悪いのはるりあ《りゆりあ》だ！」

「ルリア、暴れないの。部屋を一人で抜け出したら母上が心配するからね。今度、探検したくなったら、兄にいうんだよ」

「兄さまがいるとはかぎらないし《にしやまがいるとはかぎらにやぃー》」

「……母上、柵を用意した方がいいかもしれません」

兄が母にそんなことを言ったせいで、母も「やっぱり必要かしら」と言い出した。

「柵は必要ないと思う《しゃく、にゃい》」

「でも、隙があればルリアは外に出ちゃうでしょう？」

「そんなことない《にゃい》」

「約束できる？」

「…………」

「母上、やはり柵が必要なようで」

「約束できる《じえきる》！　柵いらない《いらにゃい》」

兄に、部屋をハイハイで勝手に出ないよう約束させられてしまった。

約束したからには守らなければならぬ。

「ぶむー」

「ふくれてもだーめ。その代わり兄が沢山ルリアを連れて散歩してあげるからね」

「本当《だう》？」

「本当だよ。用事があったりしたらだめだけど」

「ありがとう《あいあと》」

兄に抱っこしてもらって見てまわるのはそれはそれで楽しいかも知れない。

「母上。ルリアは勝手に部屋を出ないと約束してくれました」

「大きくなるまで《だい》ね！」

「もちろん、ルリアが大きくなったら、一人で家の中を歩いていいよ」

「ならいぃいぃ！」

「偉いね」

そういうと、兄は頭を撫でてくれた。

「それでは、母上。ルリアを連れて散歩してきます」

「家の中だけですよ」

「もちろんです。ダーウ行くよ」

「ばう」

そして、あたしは兄に抱っこされて家の中を散歩したのだった。


今日も今日とて、あたしは「だうだうだうだうだう！」高速ハイハイで部屋の中を動きまわる。

ダーウはいつものように、あたしの周りを嬉しそうに跳ね回っている。

「だうー」「ぁぅ！」

最近、ダーウは毎朝と毎夕、従者に屋敷の外を散歩させて貰っているらしい。うらやましい。

最近では、室内でうんこもおしっこもしないほどである。

どうやら、縄張りを主張するのに使うので、室内で無駄出しできないらしい。

室内を高速ハイハイで、動きまくっているのを、

「ルリア様は本当にハイハイがお得意ですね」

室内を高速ハイハイで動きまくっているのを、乳母が優しい目で見つめてくれていた。

あたしは閉じた扉までハイハイで移動して「そとにいきたい《しょと》！」と言ってみる。

「わふ〜」

今朝も散歩したのに、ダーウも外に行きたいらしい。

「お外ですか？　うーん」

乳母は少し困った様子で、あたしのことを抱き上げた。

「そとにいく《しょと》！」

「ルリア様は言葉が早いですね」

「はやいかな《しょか》？」

「私の子供なんて、まだあーうーぐらいしかしゃべれないんですよー」

「会いたい《たい》！」

乳母の子には会ってみたい。そう思う。

あたしが乳母の母乳を奪っていることを謝って、お礼を言わねばならない。

乳母も恩人だが、乳母の子も恩人である。

そんなことを考えていると、

「ん。ルリア様、お腹が空かれたのですね」

「ちが……」

違うと言おうとして、お腹が空いたことに気がついた。

高速ハイハイに夢中になりすぎて、空腹を忘れていた。

それにしても、よく乳母は気づいてくれたものだ。感謝しても感謝しきれない。

「どうぞ、ルリア様」

「むぎゅむぎゅむぎゅ」

あたしは乳母の母乳をごくごく飲んだ。

飲み終わって、ゲップしていると、姉がやってきた。

「わふわふ！」と嬉しそうに鳴きながらダーウが駆け寄る。

「ダーウ、今日も元気ね」

「わふ」

「ルリアを守っていて偉いわね」

ダーウは姉に褒《ほ》められて、嬉しそうに尻尾を振っている。

少し前まで、ダーウは姉にも飛びついていた。

だが、一月ほど前に、飛びついて姉を転ばせてから、飛びつかなくなった。

それほど、急速にダーウの体は大きくなっているのだ。

うらやましい。あたしもダーウぐらい一気に大きくなりたいものだ。

「ねーさま《ねー》！」

「ルリア。今日も可愛いわね」

姉は乳母に抱かれた私を撫でてくれた。

「外《し》に行《よ》きたい《と》！」

姉にもアピールしておく。

「あら、この姉と一緒にお外に行きたいの？」

「行きたい《たい》！」

「マリオン。ルリアを部屋の外に連れて行ってもいいかしら？」

マリオンというのは乳母の名前だ。

「そうですね。私も同行いたしましょう」

あたしは姉に抱っこされ、部屋の外に出た。

「ルリア、どこに行きたい？」

「とうさまのところ《とさま》！」

「んー？　どこかしら？　姉にはルリアが何を言いたいのかわからないわ」

八か月の割には、頑張っている方だと自分でも思うが、それでもやっぱり会話は難しい。

「とうさまのところ《としやま》！」

「旦那様のところでしょうか？」

乳母があたしの言葉を理解してくれた。とても嬉しい。

「そのとおり《しょ》！」

「そうなのね。父上はお仕事中だから……お客様がいたらだめよ？」

「わかった《きやた》！」

その後、姉に抱っこされて、父の執務室に行く。

姉が扉をノックして、来訪理由を告げると、父はすぐに中に通してくれた。

「おお、リディア。ルリアの子守をしてくれているんだね。ありがとう」

父は優しい笑顔で姉を褒める。

「ルリアが、父上に会いたいというので連れて参りました！」

「そうか。ルリアは今日も可愛いな」

「とうさま、だっこ《だあ》」

父はあたしを抱っこしてくれる。

「きゃっきゃ」

しばらく揺らしてあやしてくれたのであたしは満足する。

「ダーウも、いつもルリアを守ってくれてありがとう」

「ばう」

父に頭を撫でられて、ダーウは尻尾をぶんぶんと振った。


父の執務室を出た後、乳母に抱っこされて屋敷内を散歩する。

姉はまだ子供なので、長い時間あたしを抱っこできないのだ。

「あっちみたい《あち》！」

「あちらに、行きたいのかしら？　厨房があるだけなのだけど……」

厨房はぜひ見たい。

大きくなって飢えたとき忍び込んで、ご飯を手に入れなければならないのだ。

前世では、あたしは常に飢えていた。

食料がどこにあるのか、知っておくだけで安心できるというものである。

「見る《みう》」「わふわふ！」

ダーウも厨房が気になるようだ。

ダーウは食い意地が張っているので仕方がない。

「わかったわ。邪魔しないようにしないといけないわよ？　できる？」

「もちろん、できる！《じえきる》」「わふ」

姉に連れて行かれた厨房では、調理人たちがゆっくり休んでいた。

昼食の後片付けが終わり、夕食の準備の開始まではまだ猶予がある。

「お嬢様、申し訳ないのですが、犬はちょっと……」

「あっ、そうね、気づかなくてごめんなさい。ダーウ、ここで待っていて」

「……きゅーん」

「まってて《まちえ》」

「ぴぃぃん」

悲しそうに「ぴーぴー」鳴くダーウを厨房の外で待たせて中を見せてもらった。

「こちらで皆様のご飯を準備しているのです。食料は――」

料理長は丁寧に案内してくれた。

「ありがと《ぁりぁと》う」

「もったいなきお言葉です」

あたしが、お礼を言うと料理長は深々とお辞儀をしてくれた。

その後も乳母に抱っこされて、姉の案内で屋敷内を見てまわる。

屋敷の中央にはかなり広い中庭があるようだ。

「はあぁ！」

その中庭では、兄ギルベルトが剣術の稽古をしていた。

「見た《みちゃ》い」

「お兄さまの稽古を見たいの？　邪魔したら駄目よ？」

中庭には入らず、兄の稽古を見る。

「むふー」

あたしも訓練したい。体を鍛えて悪いことなど何もない。

もし隷属の首輪をつけられそうになっても、腕力があれば抵抗できるかもしれないのだ。

「ぬんぬん！」

兄の真似をして、腕をぶんぶんと振った。

「ルリア、どうしたの？　一緒に剣術学びたいの？」

「したい《ちゃぃ》！」

「でも、女の子は剣術をやらないものなの。姉も剣術は習っていないわ」

「関係ない《にゃい》！」

女だろうと、腕力と体力があった方が良いに決まっている。

あたしが腕力と体力を鍛えようと心に決めていると、

「わふ、わふ」

ダーウも兄の剣術稽古を見て興奮していた。

「ダーウ《だーう》一緒に訓練しよ《いっちょ》」

「わふ！」

大きくなったら、ダーウと一緒に訓練しよう。そう心に決めた。

それから、姉は図書室に連れて行ってくれた。

「ふあー！」

「ご本がたくさんあるでしょう？」

「ある《ありゅ》」

「今度、姉が絵本を読んであげますからねー」

「ありがとう《ありあと》」

勉強も大切だ。知識は身を守ることに繋《つな》がるのだから。

「ヤギのご本はある《やぎ》？」

「ヤギ？　ヤギはどうだったかしら」

もし、ヤギのご本がないなら、父上にお願いしよう。そう思った。

四章　三歳のルリアは色々習いたい

生まれてから三年経った。我ながら、だいぶ言葉を話せるようになったと思う。

「だーう！　としょしついく。のせて」

「ばう！」

朝ご飯を食べた後、あたしはダーウに乗って図書室に向かう。

三歳になったので、一人で部屋の外に出ても良いことになったのだ。

あたしは立派な三歳児なので、自分でも歩けるのだが屋敷はとても広い。

ダーウの背に乗って移動したほうが速いのだ。

ダーウに乗りながら、頭を撫でる。

「だーう、でかくなったなぁ」

「わふぅ」

ダーウは誇らしげに尻尾を揺らした。

出会ったばかりの頃、あたしより、ダーウの方が小さいぐらいだった。

だが、いまのダーウは後ろ足で立てば、父より背が高いぐらいである。

図書室に向かって歩いていると、姉のリディアに出会った。

姉は十一歳。最近は背も伸びてどんどん綺麗で可愛くなっている。

妹としても自慢の姉だ。

「あら、ルリア。ダーウに乗ってどこに行くの？　まさか外に行くつもりじゃないわよね？」

「そといかない！　としょしつ！」

先日、ダーウに乗って外に行こうとしたら、めちゃくちゃ怒られたのだ。

生まれたばかりの頃に襲撃されたから、みな心配なのだと、母に言われた。

だから、許可なく家の外には行かない。

「図書室に行きたいの？……でもルリアは字が読めないでしょう？」

「…………すこしよめる」

姉は容赦なく痛いところをついて来る。

前世は五歳のときから家畜のように扱われていたので、まともな教育を受けられたのは五歳まで。

絵本なら読めるが、難しい本は読めない。

「仕方ないわね。姉が読んであげるわ」

「ありがと！　ねーさま」「わふ」

姉と一緒に図書室に向かうことになった。

「それでルリアはどんなご本が読みたいの？」

「ヤギ！　ヤギのごほん」

「ヤギ？」

「そう！　おおきくなったら、ヤギとくらすの」

「そうなのね……。暮らせるといいわね」

「うん！」

図書室に着いたら、姉はヤギの本を探してくれた。

「ないわね……」

「ないの？」

「でも、生き物図鑑があったわ。これでどうかしら？」

「よむ！」

図鑑を載せた大きな書見台の前に姉が座る。

そして、あたしは姉のひざの上に座らせてもらって、一緒に読んだ。

「ねーさま、ここには、なんてかいてるの？」

「ええっと、哺乳綱食肉目ネコ科ヒョウ属かな」

「むずかしい。よんで！」

「わかったわ。主な生息地は――」

姉から本を読んでもらいながら、字を必死に覚える。

字を読めるかどうかで、得られる情報量が格段に変わるのだ。

ダーウも真剣な表情で、図鑑を読んでいた。

姉は忙しいのに、一時間も付き合ってくれた。

「ありがと！　ねーさま。べんきょうになった！」

「よかったわ。ご本を読みたくなったら姉にいつでも言ってね。可愛いルリア」

ダーウの背に乗って、姉と手をつないで歩いていると、

「おや、ルリア。今日も可愛いね」

「にーさま！」

運動着を身につけ、腰に木剣を差した兄に出会った。

兄ギルベルトは十三歳。まだ子供っぽさが残っているが、父に似てきた。

今から姉は礼儀作法などを学び、兄は中庭で剣術訓練をするようだ。

礼儀作法なんかより、剣術訓練の方が面白そうだ。

それに王族といえど、いや王族だからこそ自分の身は自分で守れなければならない。

今から剣術訓練で、どんなことをしているのか、知っておいて損はないはずだ。

「にーさま。るりあもみたい！」

「剣術訓練を？」

「そう！」

いままで中庭にも外にも出して貰っていない。父は過保護すぎるのだ。

だが、もうあたしは三歳。外は無理でも、中庭なら許可が下りるだろう。

「うーん。ルリアももう三歳だものね」

「そう！」

「そうだね……。先生が許可してくれたらいいよ」

「ありがと！」「わふ」

「でも、先生がダメって言ったら諦めてね」

「わかった！」「わっふぅ」

ダーウも嬉しそうだ。

それから姉と別れて、兄と一緒に中庭に向かう。

剣術教師の許可をもらって、あたしとダーウも中庭に入る。

さすが、王族である父の屋敷の中庭だ。

「ひろいなぁ」

屋敷の中から覗くより、ずっと広く感じた。

見上げると、快晴の空だ。春の風が気持ちよい。

思いっきり空気を吸い込む。

これほど気持ちよく外気を吸い込んだのは何年ぶりだろうか。

前世では、普段は家畜小屋に閉じ込められていて、外に出るときは狭い箱に入れられていた。

現地に着けば隷属の首輪によって、魔法を使わされる。

日差しと外の気持ちよい風を感じることなど、なかったのだ。

「ふーぅ、はー」「わー、ふー」

ダーウと一緒に深呼吸する。

「ルリア。外が気に入ったの？」

「きもちがいい！　にーさま」

「それはよかった。あのね、ルリア。今から兄は剣術の特訓をするから、近づいたらダメだよ」

「わかった！　にーさまにちかづかない！」

「ん。ルリアはえらいね」

兄は頭を撫でてくれた。ダーウも頭を撫でてもらって尻尾を振っていた。

あたしはダーウを枕に地面に横たわり、兄の様子を観察する。

兄は一生懸命、木剣を振っていた。

「むう」

やっぱり、あたしも剣術を身に付けるべきではなかろうか。

人族には危ない奴がいるのだ。身を守る術は、多ければ多いほどいい。

「あとで、とうさまにたのも」

そんなことを呟きながら、ぼんやり、兄のことを眺める。

土がひんやりして気持ちがよい。

…………

……

「うわあああ、ルリア！　大丈夫？」

「む？　どした。にーさま」

慌てる兄の声に目を覚ます。

どうやら日差しの気持ちよさに眠ってしまったようだ。

「これはいったい？」

自分の周りに沢山の鳥がいた。

フクロウに鷲《わし》や鷹、鳩、雀、オウムなどもいる。

小さい鳥はお腹の上に乗り、大きな鳥は静かに寄り添ってくれていた。

「どした？　あそびにきたのか？」

適当にそばにいた鳥に手を伸ばすと、鳥たちは逃げないで撫でられてくれた。

「くるる〜」

可愛い。

駆け付けた兄もあたしが鳥たちを撫でているのを見て、緊急性がないと判断したらしい。

「だ、大丈夫かい。ルリア」

すこし落ち着いて尋ねてくる。

「だいじょうぶ。みんないいこ」

きっと寝てたから、お腹が冷えないように布団になりに来てくれたのだろう。

鳥に限らず、動物には優しいものが多いのだ。

「まるで東方で行われるという鳥葬に見えて、兄は凄くびっくりしたよ」

「にーさま、あわてんぼう。む？」

「きゅい～」

鳥だけでなく動物もいた。これはなんだろうか。

リスっぽいが大きい。

「プレーリードッグだ……。なんで中庭に……」

兄がその動物を見て、絶句している。

「きゅぃ？」

「なかにわは、どうぶつが、いっぱいいて、すき！　うれしい！」

「そ、そうか。ルリアが嬉しいなら、兄も嬉しいよ」

そう言った兄の顔は少し引きつっていた。

◇◇◇◇

中庭に出たルリアを取り囲んだ鳥たちは、ダーウと同じく精霊を守る守護獣である。

守護獣たちがルリアの住んでいる屋敷に集まり始めたのは、ルリアが生まれた直後だ。

だが、守護獣たちは屋敷の中には入れないし、ルリアは外に出てこない。

だから守護獣たちはずっと外で待っていたのだ。

屋敷の警備をかいくぐり、果敢にも忍び込んだダーウが異常なのだ。

「くるっくるー」

守護獣である鳩は、ルリアに撫でられて、とても幸せだった。

守護獣たちにとってのルリアは、人にとっての犬や猫のようなもの。

可愛くて、ただそばにいるだけで幸せになる存在だ。

ルリアの匂いを嗅いだら安らぐし、ルリアに甘えられたらうれしくなる。

だから、ルリアに会いたくて、今日も今日とて、屋敷の周りには守護獣が集まっていた。

ちなみにプレーリードッグは、穴を掘り屋敷の下を通って中庭まで来ていた。

◇◇◇◇

兄の剣術の練習を見学して、鳥たちに囲まれた日の夕食後。

あたしは居間で父のひざの上で抱っこされていた。

周囲には母と兄姉、そしてダーウがいる。

「とーさま！　おねがいがある！」

「お願い？　どんなことかな？」

「けんじゅつをれんしゅうする！」

「け、剣術かい？　どうして急に」

父は戸惑っている。母は「あらあら」と微笑んでいた。

「今日、私の剣術訓練をルリアが見学していたので、真似をしたくなったのかも」

「ルリアはギルベルトの真似がしたいのね」

母はにこにこしながら、ダーウのことを撫でている。

「よのなかは、きけんがいっぱい。みをまもれないとだめ」

「それは……そうだが、護衛がいるから、怖がらなくて大丈夫だよ？」

父は優しく諭すように言う。

「でも、いつおそわれるか、わからん」

そういうと、父と母は顔を見合わせ、兄と姉は心配そうにあたしの顔を見た。

生まれたばかりの頃、あたしが襲われたことを思い出しているのかもしれない。

「……でも、ルリア。女の子は剣術を学ばないものなのよ？　この姉も習っていないもの」

「ねーさまもれんしゅうしたほうがいい。さらわれる。いえのなかもあんぜんではない」

姉はとても可愛いので、悪い人にさらわれかねない。

いざというときに身を守れないとだめなのだ。

女だから男だからと言っている場合ではない。

敵は、こちらが弱いことを喜びはしても、弱さに配慮などしてくれないのだから。

「けんだけでは、たりない！　まほうもれんしゅうしたい！」

「ダメだ！」

突然、父が大声を出したので、びっくりした。

「すまない。ルリア。でもね。魔法はダメだ」

「どして？　まほうはつよい」

「ずっとダメというわけじゃないよ。幼い子供が魔法を使うと体に良くないからね」

「そなの？」

前世の頃は五歳から、だいたい週二の頻度で、大魔法を撃ちまくっていた。

だけど、なにも問題なかったと思う。

「背が伸びなくなるよ？」

「ぬな！」

変な声が出た。確かに前世のあたしは背が低かった。

年下の従妹より、ずっと背が低かったのだ。

「……まほうの、まほうの……せいだったかー」

あまりにも衝撃的な事実だった。

魔法で背が伸びなくなるのならば、前世のあたしが小さかったのも納得である。

「？　とにかく、魔法はダメだよ。大きくなるまではね」

「兄も最近やっと魔法の練習を始めたんだ。ルリアも十三歳ぐらいになるまでダメだよ」

「わかった！」

父と兄に言われて、魔法を使わないことにした。

背が伸びないのは困るからだ。

「……それで、ルリア。どうしても剣術を習いたいのかい？」

「ならいたい！」

「あなた、習わせてあげましょうよ？　魔法を陰で使われるよりはずっと安心よ？」

「かあさま、ありがと」

母が味方をしてくれた。とても嬉しい。

「そうだね。わかった。ルリア。ギルベルトの先生に一緒に教えてくれるようお願いしてみよう」

「とーさま、ありがと！　あ、ついでに、もじもべんきょうしたい！　ほんよむ！」

「あ、ああ、もちろん構わないよ」

「やたー」

剣術という許可を得にくいものから要求したおかげで、文字の勉強はあっさり認められた。

逆ならば「三歳に文字を教えるのは早いのでは？」みたいな話になりかねなかったところだ。

「るりあは、せんりゃくか……むふ」

「そうだね、ルリアは戦略家だね」

「ルリアはかわいいねー」

なぜか父と兄に頭を撫でられた。


文字の学習と剣術練習の許可を得た次の日の午前。

あたしはダーウの背中に乗って、文字を勉強する。

勉強といっても、侍女に絵本を読んでもらうだけだ。

「ルリアお嬢様は物覚えがよいですね！」

「むふー」

あたしを並の三歳だと思われては困る。

なんとあたしの教育レベルは五歳児並なのだから。

絵本で文字の勉強をした後は、簡単な数の足し算引き算も教わって、神童ぶりを発揮する。

「まあ、一桁の足し算ができるなんて」

「むふー」

精霊王ロアに算数は教えてもらったので、一桁のかけ算も少しできるほど。

あたしは三歳のレベルではないのだ。

「しんどうぶりをはっきしてしまった」

「本当にすごいです、お嬢様！」「わふわふ」

侍女に絶賛されて、気持ちよくなった。ダーウも絶賛してくれている気がした。


午後になったら、剣術練習のために、ダーウに乗って中庭へと向かう。

――バサバサバサ
たちまち鳥たちが集まってくる。

鳥たちに交じって、プレーリードッグもいた。

「みんないいこだね」

「くるっぽー」「きゅいきゅい」

「ほ、本当にルリアのところには鳥……とリス？　が集まってくるのね……」

剣術練習を見学しに来た姉が驚いている。

「りすじゃなくて、プレーリードッグ」

「あら、そうなのね」

「きゅうきゅい」

姉の足元にプレーリードッグが駆け寄った。

「まあ、可愛い」

姉に撫でられて、プレーリードッグも満更でもなさそうだ。

その後、鳥たちには離れてもらって、剣術の練習が始まる。

あたしから離れた鳥たちは姉のもとに集まった。

姉も鳥に囲まれて嬉しそうだ。

「ルリアお嬢様は素振りからはじめましょう」

「はい！」「わふ！」

「持ち方は……」

「はい！」「わふ！」

教師に持ち方と振り方を教えてもらって、木剣を振る。

あたしの木剣は、長さも太さも兄の使っている木剣の三分の一ぐらいだ。

それでも、少し重く感じる。三歳だから仕方がない。

「ふん！　ふん！　ふん！」「わふ、わふ、わふ」

「お上手ですよ、ルリアお嬢様」

「ふんぬ！　ふんぬ！」「わふ、わふ」

あたしの素振りに合わせて、ダーウも木の棒を咥えて首を振っていた。

きっと一緒に素振りをしてくれているつもりなのだろう。

あたしとダーウが素振りをしている間、兄は教師と模擬戦をしていた。

よくわからないが、いい動きだと思う。

「若様、右足が遅れ気味ですよ」

「はい！」

「動きに緩急をつけてください！」

「はいっ！」

兄は汗だくになりながら、必死で教師の攻撃を避け、なんとか一撃いれようとしている。

あたしは素振りをしながら、教師の動きをしっかりと観察する。

どうやら剣術は足運びが肝らしい。

「ほむー。こうか？」

素振りしながら、足運びを考える。

きっと魔法を使って戦うにしても、足運びは重要に違いない。

「ふんぬ！　ふんぬ！」「わふ！　わふ！　わふ！」

敵を想像し、その敵の攻撃を避けながら、斬る！　斬る！　斬る！

想像した敵は、前世で数千体を同時に相手にした弱めの魔物だ。


あれは前世で六歳のとき。

いつものように何の説明もなく暗くて狭い箱に入れられて、荒野に放り出されたのだ。

そして「命じる。この場にとどまり魔物を倒せ」とだけ言われた。

命令した者は馬に乗り全力で後方へと逃げていき、眼前には雲霞の如き妖魔の大群。

『むりだよ、ルイサ！』

あたしは悲しそうにいう精霊王ロアの頭を撫でる。

「……無理じゃない。やるんだ」

王家や、私に命令するだけして後方に逃げた騎士などはどうでもよかった。

この妖魔の大軍を倒さなければ民が死ぬ。優しい動物たちも死ぬだろう。

それは嫌だった。

「私は、ひかない！」

突進してくる妖魔に魔法を撃ちこんで吹き飛ばす。

吹き飛ばしても吹き飛ばしても、敵が減っているようには感じない。

数で押しつぶそうと、横に、後ろに、ときには頭上へと回り込み襲い掛かってくる。

その攻撃を必死に避けながら、魔法を放ち、敵を吹き飛ばしていった。

「……あれはしぬかとおもった」

剣術の足運びを身に付けていたら、もっと楽に敵の攻撃を避けられただろう。

一秒、いや、数十分の一秒でも余裕があれば、魔法を撃ちこめる。

数十分の一秒の差が生死を分けるのだ。

大きくなって魔法を使えるようになったとき、絶対に役に立つだろう。

必死になって、想像の妖魔と剣で戦っていると、

「わふ？」

ダーウが心配そうにこっちを見て首をかしげる。

「だいじょうぶだよ」

ダーウのことをわしわしと撫でた。

「……ルリアお嬢様」

「むむ？　つい、こうふんしてしまった。ごめん」

素振り以外のことをしたから、剣術教師に怒られるのかと思ったが、

「動きが……よいですね」

「ありがと！　そかな？」

「まるで、本当に敵がいるかのような動きです。素質がありますよ！」

「そうかな。えへ、へへへ」「わふぅ」

教師に褒められて、あたしが喜ぶと、ダーウも喜んでいた。

鳥たちとプレーリードッグも喜んでいる様子だ。

「ルリアは凄いね」

「むふー」

兄に抱っこされた。

「剣を振るルリアも可愛いわ」

兄に抱っこされたあたしを、姉が撫でてくれたのだった。

◇◇◇◇

次の日、アマーリアが部屋で招待状への返事を書いていると、中庭を見ていた若い侍女が言う。

「あ、ルリアお嬢様が剣術の稽古をはじめましたよ」

「よく教えてくれました！」

アマーリアは窓に駆け寄って、中庭を窺《うかが》う。

今日は座学の日なので、ギルベルトは中庭にはいない。

代わりに乳母と沢山の鳥とプレーリードッグが、ルリアとダーウを見守っている。

「ふんぬ！　ふんぬ！　ふんぬ！　ちゃ〜〜」「わふ、わふ、わふ、わぁぅー」

木の棒を振り回すルリアの周りを、木の棒を咥えたダーウが走り回っている。

剣術と言うより、お遊戯である。

「ルリアお嬢様は、本当にお可愛らしいですね」

アマーリアと一緒に中庭を眺めていた年かさの侍女が呟いた。

「本当に……元気に育ってくれて嬉しいわ」

アマーリアの頬が緩む。

「赤ちゃんのときは全く泣かなくて、心配していたのだけど……」

ルリアは本当に泣かない子だった。

お腹が空いても、おしめが汚れても、泣かなかった。

ダーウが吠えて、やっとおしめが汚れていることに気づいたぐらいだ。

じっと人を睨むように見つめるか、空中にある何かを掴もうしているかの、どちらかだった。

母乳だけはよく飲んでくれたし、抱っこしたらふにゃあと笑ってくれたが、不安だった。

ルリアを産む際、アマーリアが死にかけたせいで、虚弱になったのではと心配だったのだ。

「最近は元気すぎるぐらいよね」

「はい。まるで男の子のようで……」

「……ギルベルトよりわんぱくね」

「…………本当に、本当にわんぱくでいらっしゃいます」

アマーリアの言葉に、年かさの侍女が遠い目をして頷いた。

アマーリアには忘れられないことがある。
あれはルリアが一歳半の頃。
ルリアは毛虫を沢山ポケットに入れていたのだ。
ルリアは外に出してもらっていなかったので、恐らくダーウに集めさせたのだろう。
「ルリア、それはなにかしら？」
アマーリアがそう尋ねると、
「ひじょーしょく！」
ルリアは満面に笑みを浮かべてもぞもぞ動く毛虫を鷲摑みにして見せてくれた。
近くにいたリディアは悲鳴を上げ、アマーリアは気絶しそうになったものだ。
その後「毛虫は集めてはいけない。リディアも母も毛虫が怖いのだ」と諭した。
ルリアは反省したように見えたが、アマーリアの言葉をまったく理解していなかった。
それがわかったのは、半年後、ルリアが二歳になったばかりのころだ。
春になり、ルリアが寝台の下に隠していた五個のカマキリの卵が一斉に孵化したのだ。
カマキリの卵一個からはおよそ二百匹の幼虫が孵《かえ》る。
それが五個。つまり千匹のカマキリの幼虫がルリアの部屋を埋め尽くした。
「もう、カマキリの卵を隠したりしないといいのだけど」
アマーリアが言うと、侍女たちはみな深く頷いた。

ルリアを尋ねて部屋に入ったアマーリアはあまりの惨状に気絶した。

そして、悲鳴を聞いて駆けつけたリディアも気絶した。

いつもならカマキリを喜ぶ男の子のギルベルトも顔を真っ青にしていたと聞いている。

それほど、千匹のカマキリの幼虫が部屋を埋め尽くすさまは恐ろしいのだ。

「あのときもお嬢様は非常食として集めたと、おっしゃってましたね」

「そうなの。食欲があるのはよいのだけど……」

ルリアは王族の姫としては、食い意地が張りすぎている。

赤ちゃんのときから、母乳をごくごく飲んでいた。

今でもご飯はなんでもバクバク食べるし、ギルベルトやリディアが食べ物を残そうものなら、

「にーさま、のこすならくれ！」といって食べようとする。

足りないなら新しいのを持ってこさせようと言っても「もったいない」というのだ。

「好き嫌いが全くないのはよいことだし、食べ物を大事にするのはいいのだけど……」

「ですが、ルリアお嬢様はまだ三歳です。マナーはおいおい学べばよろしいのでは？」

「そうよね！」

今は一杯食べて、大きく育ってくれれば良い。

「カマキリ事件もありましたが、基本的にはルリアお嬢様は、言えばわかるお方ですから」

「そうよね！」

カマキリ事件から、アマーリアはルリアが虫や卵を拾ってきても叱らないことにした。

そのかわり、何を拾ったのか絶対に報告するようにとお願いしたのだ。

「わかった！」

そう元気に返事をしたルリアは毎回報告に来てくれるようになった。


昨日も、ルリアはやってきた。

「かあさま！　いなご！」「わふわふ〜」

「あ、ああ、そうね、イナゴね。どうするの？」

虫は苦手だ。だから顔が引きつる。

それでも、悲鳴を上げたり、大きな声で叱ったりしてはいけない。

隠されて収集されたら、もっと大変なことになるからだ。

「おやつにたべる」

「だ、だめよ」

「どして？」

「イナゴには寄生虫がいるの。だから、お腹を壊すわ」

「そかー。じゃあたべるのやめる。あ、でもさっき、だーうがたべてた！」

「わ、わふぅ〜」

うろたえるダーウの頭をアマーリアは優しく撫でて諭すように言う。

「犬なら大丈夫よ。犬は人より胃酸が強いの」

「そかー。だーうよかったな！」

「わふ！」

「ルリア。イナゴさんは可哀想だから、庭に放してあげなさいな」

「わかった！　だーういこ！」「わふわふ～」

そんな感じで、大惨事を防いでいる。

対応するためにアマーリアの部屋には虫と生物の図鑑が何冊もある。

おかげで、アマーリア自身も、虫と生物にずいぶんと詳しくなった。


「どうして、ルリアは……食に執着するのかしら」

アマーリアが剣術の練習をするルリアを眺めていると、侍女がおやつを持ってやってきた。

「ルリアお嬢様、おやつですよ」

「おやつ！」「わふ！」

ルリアが目を輝かせ、ダーウが尻尾を振って、侍女に駆け寄る。

「中庭でお召し上がりになりますか？」

「うん！」

ルリアは侍女から山盛りのクッキー入りの籠をもらって、中庭の地面に座る。

ルリアがいつも沢山食べるので、三歳児にしてはおやつの量も多いのだ。

「ダーウにもおやつですよ」

「わふ！」

ダーウはおやつの牛骨をもらって、ガシガシ噛みはじめた。

一方、おやつのクッキーを食べようとしたルリアの周りに鳥たちが集まる。

鳥たちはおやつに群がっていると言うよりも、ルリアに群がっているのだ。

「…………たべたい？」

だが、ルリアは鳥たちを見て、鳥たちがお腹を空かせていると思ったらしい。

「くるっぽー」「ほっほう」「きゅいきゅい」

「しかたないな！　あげる。すこしずつだぞ」

ルリアはクッキーを砕いて、鳥たちに分け始めた。

クッキーは沢山あるが、鳥たちも沢山いる。

三歳児にしては多めでも、全ての鳥たちに分け与えるには、圧倒的に足りない。

「すこししかなくて、すまんな」

結局ルリアはおやつのクッキーを全部鳥たちに分けてしまった。

「わふ？」

ダーウが牛骨を、ルリアの前にぼとっと落とす。

「それはだーうがたべるといい。るりあはおなかすいてない」

「がう～」

ルリアは手に付いたクッキーの粉をペロリと舐めると、ダーウのことをわしわしと撫でた。

その様子を見たアマーリアは笑顔になった。

「うん、ルリアは大丈夫ね」

「何が大丈夫なのですか？」

年かさの侍女に尋ねられたアマーリアは、よくぞ聞いてくれたとばかりに語り出す。

「心配してたの。ルリアが人の食べ物を奪ってまで食欲を満たす子になるんじゃないかって」

アマーリアは嬉しそうにルリアを見つめている。

「でも、ルリアは自分より他人を気遣える優しい子。だから大丈夫」

ルリアはクッキーが大好きだし、時間帯から考えても、お腹が空いているはずだ。

でも、鳥たちやプレーリードッグが、お腹が空いていると思って我慢したのだ。

「三歳のとき、私は大好きなお菓子を友達に分けられたかしら。……自信がないわ」

「そんなことはありません。お嬢様は、いえ奥方様は三歳のころから優しい方でした」

アマーリアが幼少時から仕えている年かさの侍女はそういって微笑んだ。

「ありがとう」

「きっと、ルリアお嬢様の優しさは、奥方様に似たのでしょう」

アマーリアと侍女が、のんびり話していると、

「あ、けむしだ！　こいつ、たべられるかな！」

「わふ～？」

「きせいちゅうがいるかもしれないからな！　やいたら、たべられるか？」

「わふ」

ルリアとダーウがそんなことを相談し始めた。

「いけないわ。すぐにルリアにお菓子を届けて。毛虫を食べようとする前に」

「はい！　大至急！」

アマーリアと侍女は大急ぎで、沢山のクッキーをルリアに届けたのだった。

◇◇◇◇

冬が近づいている。

「きょうはさむいな！」

「わふ」

今日も今日とて、ダーウと一緒に、中庭で木剣をふる。

あたしは春に生まれた。そして三歳の誕生日のすぐ後ぐらいから剣術の練習を始めたのだ。

だから、もう半年以上、ほぼ毎日剣を振っていることになる。

「いいうごきになってきた？」

「ばふ」

ダーウもいい動きだと言ってくれているようだった。

中庭で休憩していると、鳥たちとプレーリードッグが駆け寄ってくる。

「…………みんな……さむくないか？」

「くるっぽー」「ぴぃぴぃ」「きゅいきゅい」

みんな、いつもより体を押しつけてくる。

もうすぐ冬だから寒いのかもしれない。

「むう……」

寒いのはつらい。

前世では隙間風がひどい家畜小屋で、ぼろきれのような服一枚しか貰えなかった。

毛布など当然貰えるわけもなく、冬は死にそうなほど寒かった。

精霊魔法で室温を上げて、ヤギたちが囲んで温めてくれたから生き延びることができた。

「……ヤギたちのおかげ」

「わふ？」

「とりたちもさむいな？　るりあのへやにはいれるようにおねがいしにいこう」

「ぴぃぴぃ」「ほっほお」

母から「何かを部屋に連れ込むときは絶対に教えてね」ときつく言われているのだ。

「ぷれーりーどっぐも、るりあのへやにはいりたいな？」

「きゅい」

「うむ。じゃあ、みんな、ついてくるといい」

剣術の練習を終えると、プレーリードッグを抱っこしてダーウの背に乗り母のもとへ向かう。

鳥たちはぴょんぴょん跳ねてついてくる。

「お、お嬢様!?」

「だいじょうぶ。かあさまにきょかをもらいにいく」

途中で出会った者が慌てているので、安心させた。

母の部屋に着くと、一気にドアを開けて飛び込んだ。

「かあさま！」

「ルリア、どうしたの……か……しら」

母はあたしの後ろに付いてきている大量の鳥を見て固まった。

「とりがさむがっているから、つれてきた」

「あ、食べるわけではないのね」

「ぴ、ぴぃ」

鳥たちが驚いている。

「ともだちをたべるわけない」

「そ、そうよね、私、てっきり……」

母はたまに突拍子もないことをいうのだ。

「かあさま。ふゆがくる。とりがさむい。だからるりあのへやにすむ」

「うーん、そうねぇ。難しいかもしれないわね」

「だめか？」「ぴぃ……」「ほう……」

母から許可を貰えなそうだと思ったのか、鳥たちもしょんぼりしていた。

鳥たちが凍えないように、説得しなければならない。

「さむいとかなしい。とりたちがかなしいと、るりあもかなしい」

「うーん。母も意地悪で言っているわけではないの」

「うむ？」

「鳥と一緒に住むとなると、問題点がいくつかあるわ」

母は丁寧に説明してくれた。

鳥は体の構造上、うんこを我慢できない。だから部屋中がうんこだらけになる。

それに鳥は、種類によっても違うが、脂粉と呼ばれる粉を出す。羽も落とす。

だから、部屋の中が糞と粉と羽だらけになる。

「一羽ならまだしも、大量の鳥と一緒に暮らしたら、大変よ？」

「るりあはだいじょうぶ！」

「大丈夫ではないわ。ルリアが病気になりかねない。だから許可はできません」

「むむう」

窓を開けていたら勝手に入ってきたという体《てい》で、なし崩し的に認めさせようか。

あたしは戦略家なので、そんなことを考える。

「しかたない」

「あ、ルリア。まさかと思うけど、窓を開けていたら勝手に入ってきたとか、そういう言い訳が通用すると思っているのかしら？」

「ち、ちがう」

母はそういってにこりと笑った。作戦が見破られてしまった。

この作戦は使えないかもしれないので、新しい作戦を考えていると、

「そうね。屋敷の外に鳥小屋を建てましょうか？　それならルリアも心配じゃないでしょう？」

近くに鳥小屋があれば、会いたいときに会いに来てくれるだろう。

鳥たちは夜は小屋の中で眠れるし、雨や雪が降っても風邪を引かない。

だが、鳥小屋付きの王族の屋敷など聞いたことがない。

「……いいの？」

「いいわよ。だってそうしないと、ルリアはこっそり部屋の中にいれちゃうでしょう？」

「そ、そんなことしない」

「そう？　それならいいのだけど」

母はそういって、頭を撫でてくれた。

「あの！　とりごやは、あったかくして？」

「暖かくね。大工さんにおねがいしておくわね」

「うん！」

本当に寒いのはつらいのだ。そんな思いを鳥たちがするのは悲しい。

「あ、かあさま。このこは？」

「きゅぴい」

「プレーリードッグ？」

「そう。うんこがまんできるし、しふんもださない！」

プレーリードッグは鳥ではないので、鳥小屋に入れたら可哀想だ。

鳥とプレーリードッグは、快適な環境自体違うのだから。

「そうね……、ちゃんとおトイレできるの？」

「きゅいきゅい！」

「といれ、できるって」

「本当に、できるって言ったのかしら……」

母はプレーリードッグを撫でながら、しばらく考えた。

「ルリア、ちゃんと責任もって飼えるの？」

「かえる！」

「トイレもルリアが教えるのよ？」

「わかった！」

「じゃあ、飼ってもいいわ」

「よかったな！」

「きゅぷい」

プレーリードッグも嬉しそうだった。

「でも、洗わないといけないわ。おねがい」

「はい、畏まりました。お嬢様、失礼しますね」

侍女はあたしが抱っこしていたプレーリードッグを抱き上げて、どこかに連れて行った。

「きゅうぃ〜」

「だいじょうぶだよ！　あとでね」

不安そうになくプレーリードッグに声をかけた。

「これでいいかしら？」

「ありがと！　むふー。かあさま。どうぶつにくわしい？」

「そうよ。少しだけ詳しいわ」

やっぱり、母は凄いと思う。

今度、ヤギについても聞いておこう。そう思った。

「るりあ、ぷれーりーどっぐをあらうのてつだってくる」

「そうね。それがいいわね」

あたしはプレーリードッグを抱っこした侍女を、ダーウと一緒に追いかけた。

侍女が向かったのは、泳げそうなぐらい広い使用人用の浴場だった。

脱衣所から浴場の中を窺うと侍女は大きめの桶《おけ》を用意していた。

その桶の中にはプレーリードッグが入っている。

「お湯をいれるから、大人しくしてね」

「きゅうぃ」

プレーリードッグは後ろ足で立ってきょろきょろしている。

「本当に、大人しいわね……ルリアお嬢様の周りに集まる動物たちは何故か大人しいのよね」

ダーウと一緒に様子を窺っていると、後ろから母がやってくる。

「ルリア、中に入らないの？」

「じゃましないほうが、いいとおもって」

「そうね。でも、洗うのでしょう？」

「あらう」

「ごめんなさいね。ルリアが洗うのを手伝いたいらしいの」

母が侍女に言ってくれて、あたしがプレーリードッグを洗うことになった。

「おとなしくしてな？」

「きゅうい～」

温《ぬる》いお湯で、全身を濡らし、石鹸であわあわにしていく。

「顔は気をつけてね、目や耳に入らないように」

後ろから見ながら、母が教えてくれる。

「わかった！　あ、てにいっぱいいっちがついてる！」

「プレーリードッグは穴を掘るのよ」

「そっかー」

綺麗に洗った後、タオルでくるんで抱っこする。

「きゅういきゅい」

プレーリードッグは甘えた声を出して抱きついてくる。

「かわいいな！」

「きゅい」

「ルリア。名前をつけてあげないの？」

「なまえかー。……うーむ」

「直感でいいのよ。たとえば、レオナルドとか。どうかしら？」

「れおなるどかー」

母はレオナルドがお勧めらしい。だが、母には悪いが個人的に趣味ではない。

「なまえ、なにがいい？」

「きゅうい」

「むう？　きゅういがいいの？」

「ただの鳴き声よ？　キュウイがいいという訳ではないわ。レオナルドの方がいいと思うわよ？」

「でも、きゅういのほうがよさそう」

あたしはプレーリードッグを少し離れたところに置いた。

「かあさま、よんで。るりあもよぶ」

「レオナルドって呼べばいいのかしら？」

「そう。こうせいなしょうぶ」

プレーリードッグ自身に選ばせようと思ったのだ。

「レオナルド、おいで〜」

だが、卑怯にも母はナッツを手に持っている。

「むむ！　きゅうい、こっちにおいで」

プレーリードッグは母の持つナッツとあたしをみて困っている。

「迷っているわね。どちらもいい名前ということかしら」

「なっつにひかれているだけ！」

次の瞬間、プレーリードッグが突進するかのように駆けて、飛び込んできた。

「む？　きゅうにきたな？」

「きゅうい〜きゅい〜」

プレーリードッグに甘えられながら、少し考える。

「キュウイって、呼んでないのに来たわね。レオナルドとキュウイは互角かしらね？」

「そんなことない。れおなるどは、ざんぱい」

プレーリードッグはナッツをみせたのに、母のところには行かなかった。

だから、レオナルドは却下である。

「むう？　なっつがいいの？」

「きゅういきゅうい」

「なっつ、あげないよ？　なまえがなっつがいい？」

プレーリードッグは「なんでそんなひどいこと言うの？」と悲しそうな目で見つめてくる。

「なっつたべたい？」

「きゅいきゅううぃぃぃぃ」

「たべたいだけかー」

ナッツという名前にするところだった。危ない危ない。

とりあえず、ナッツを食べさせながら、尋ねてみる。

「じゃあ、きゅうい？　きゅい？」

「きゅい？」

プレーリードッグは両手でナッツを器用に摑んで、食べながら首をかしげる。

「それとも、きゃう？」

「きゅうぃ～」

色々と呼びかけてみて反応を見る。

「ルリアは絶対キュとキャをいれたいのね。レオナルドとかの方がいいと思うのだけど」

母がそんなことを言うが無視である。

レオナルドはいい名前だが、三歳のあたしには呼びにくいので却下だ。

色々と呼びかけた結果、キャロが一番反応が良かった。

「じゃあ、なまえはきゃろだ！」

「きゅい、きゅい！」

キャロも名前を気に入ったようで良かった。

そういうと、母は諦めたように言う。

「まあ、飼い主はルリアなのだから、ルリアがいいなら、いいのだけど」

「うん！　きゃろ、よろしくね！」

「きゅうぃきゅい」

キャロは嬉しそうに鳴いて、あたしに甘えながら、母が手に持つナッツを見つめていた。

しばらくキャロと遊んでいると母が言う。

「そろそろ、ルリアのお部屋にキャロのおトイレが設置された頃ね」

「といれかー」

「ちゃんと、トイレの仕方もルリアが教えるのよ？」

「まかせて。きゃろ、ついてきて」

「きゅうい！」

あたしはダーウの背に乗り、自室へと向かう。

その後ろを母と侍女とキャロがついてくる。

自室に戻ると、設置されたばかりのトイレがあった。

砂が入れられており、糞尿も処理しやすそうだ。

「きゃろ！　ここが、きゃろのといれだ！」

「きゅいきゅい？」

「したくなったら、ここでするんだ」

「きゅい～？」

わかってなさそうな空気を感じる。

「どれ、てほんを」

「やめなさい」

実際にやって見せようとしたのだが、母に止められてしまった。

解せぬ。

「きゅ～」

キャロはダーウのトイレに興味があるようだ。

ダーウのトイレは、キャロのトイレより大きいが、砂が入っている点は同じである。

「こっちは、だーうのといれだ」

「わふ！」

「きゃう～？」

「む、るりあのといれか？　こっちだ」

あたしの部屋にはトイレが隣接しているのだ。

「ここだぞ！」

「きゅう〜」

「じまんではないが、るりあは、ほとんどもらさない」

「きゅ？」

「ほんとうだ。おしめがとれてからこのかた、といれいがいでもらしたのは……かぞえるほどだ」

「きゅ〜う」

キャロが尊敬の目でこちらを見つめてくる。

三歳児として、鼻が高い。

「きゃろのといれはこっち。きゃろもるりあみたいに、ちゃんとといれできるようになるといい」

「きゅ〜」

どうやら、キャロはトイレを理解してくれたようだ。

そのときはそう思ったのだった。


次の日。朝起きると、いつものように寝台の中にダーウがいた。

「おはよ」

「わふわふ！」「きゅい〜」

キャロはヘッドボードに後ろ足で立って、周囲を警戒してくれていたようだ。

「きゃろ、ありがと」

「きゅうい〜」

お礼を言うとキャロは自慢げにどや顔をした。

見張りをやりきったという自信にあふれている。

「よいしょっと」

キャロを抱っこして寝台から降りると、床に黒いコロコロした物体が転がっているのが見えた。

「む？　きゃろ、やったな？」

「きゅう？」

キャロは「なにが？」と言いたげだ。

どうやら、トイレについて理解していなかったらしい。

「しかたないな～」

うんこ掃除用スコップを使って、うんこを掬《すく》いキャロのトイレにいれる。

その際に臭いも嗅いでみる。

「ふむ、コロコロしていて、あまりくさくないな？」

健康そうでよかった。お腹を壊すとびちゃびちゃになるから、大変なのだ。

「きゅる？」

キャロはこちらを見て首をかしげている。

可愛い。

可愛いのはともかく、トイレをしっかり教えなければならない。

「きゃろ、うんちは、ここでする」

「きゅ～？」

「といれはここでするんだ」

「きゅ」

「だーうをみるのだ」

「きゅる？」

自分のトイレで一生懸命踏ん張っているダーウを指さす。

「だーうのトイレはあっちで、きゃろのといれはこっち」

「きゅ～」

キャロを連れてダーウのもとに移動する、

「きゃろみるんだ。だーうはといれでできてえらいぞ！　まるでるりあのようだ」

トイレ中のダーウを撫でると、踏ん張りながらも困ったような表情を浮かべる。

「わ、わふぅ～」

ダーウはいつも外に散歩に行ったついでにトイレを済ませるらしい。

だが、今日はキャロに手本を見せるために、してくれているのだろう。

「きゃろも、だーうみたいに、といれでできるようになるといい」

「きゅる～」

キャロは尊敬のまなざしで、踏ん張っているダーウを見つめている。

あたしもダーウが出すところをしっかりと見つめる。

「ぁぅ～」

ダーウは照れくさそうにしながら一杯出した。

「だしたら、あとはるりあのしごとだ」

ダーウがだした糞を砂ごとスコップですくって、蓋付きの箱に入れる。

そうしておけば、あとで侍女が持って行ってくれるのだ。

説明につかったキャロの糞も箱の中に入れておく。

「よし、だーう、きゃろ！　ごはんをたべにいくよ！」

「わふわふ！」「きゅいきゅい」

「それがおわったら、いえのなかをさんぽして、かあさまにずかんをみせてもらおう！」

母はなぜか沢山図鑑を持っているのだ。

プレーリードッグの習性とか、何を食べるのかなど、改めて調べ直しておこう。

あたしはキャロの飼い主なのだから。

「きゃろはだーうのさんぽに、ついていく？」

ダーウは体が大きいので、一日に二回は外を散歩しているのだ。

「るりあは、そとにでられないけど、きゃろならいいよ」

キャロはたたたっと、あたしの肩に上るときゅいきゅい鳴いた。

「そうか、るりあといっしょにいたいか。いいよ」

そういうと、キャロは嬉しそうに鳴いた。

キャロが仲間になってくれてから一週間後の午後。

今日もあたしはダーウと一緒に中庭で木剣を振り回して訓練していた。

「ふんぬ、ふんぬ、ちゃっちゃっちゃちゃちゃ〜〜」「わふっ、わふっ、あぁぁぅぅぅぁぁぅう〜〜」

あたしがぶんぶんと木剣を振り回すと、ダーウも咥えた木の枝を一緒に振り回してくれる。

「きゅきゅ〜」

あたしとダーウの様子をキャロは、鳥たちと一緒にどこか呆れたように見つめていた。

「ふんぬ！　ふんぬ……ふう……こんなもんか」「わふっ！　わふっ！」

しばらく集中した後、あたしとダーウは汗だくになって、訓練を終える。

「む？　きゃろはどした？」

「わふ？」

先ほどまであたしとダーウを見つめていたキャロが居なかった。

「まいご？」

「わふ？」

「とりたち、しらぬか？」

「ほっほう？」

どこか誤魔化すように、鳥たちは目をそらした。

鳥たちは知っていそうだが、教えてはくれないらしい。

「むむ？　かくれんぼだな？　だーう、きゃろをさがすのだ」

「わふ！」

あたしとダーウはキャロを探す。

「こっちかな？　ふむー」

「わふう！」

「お、だーう、でかした」

ダーウはその鋭い鼻を使って、あっさり見つけたらしい。

「どれどれ……」

ダーウの鼻の先には、結構大きな穴があった。

あたしが通るのは難しいが、キャロなら充分入れるだろう。

「きゃろ？　あなのなかにかくれたのか？　きゃろ、でてこいー」

「………きゅう？」

呼びかけたら、穴からキャロが顔を出す。

「あなほっちゃったか……」

草原に穴を掘って、そこで暮らすのがプレーリードッグの習性なのだ。

つい、本能を抑えきれなくなったのだろう。

「おこ……られる……か？」

「きゅ？」「わふ？」

怒られるかもしれないと思ったのか、キャロは少しびくりとした。

ダーウも不安そうに尻尾をゆったりと動かしている。

微妙なところだ。中庭に穴を掘ったら、普通は怒られる。

だが、キャロの場合は、本能だから許されるかもしれない。

あたしは穴の上に立って、周囲を見回す。

庭木や花、中庭にあるオブジェによって、うまいこと死角になっている。

「みつからないかな？」

「きゅる～」「わふ～」

キャロはほっとしたようだ。安心したダーウの尻尾の動きが激しくなった。

「ふむ……あとは……」

「きゅ～？」

「……こっそりあらおう。どろだらけだと、おこられるかもしれないからな？」

「きゅきゅ」

あたしはキャロを服の中に入れて隠して、ダーウの背の上に乗る。

「だーう、あたしのへやにもどろう」

あたしの部屋にもどれば、桶もあるしお湯も出せる。

こっそり洗えば、キャロが穴掘りしたことも、バレないだろう。

部屋に戻ったあたしは大きな桶を用意した。

「ええっと、おゆはー」

自分でお湯を用意したことはないが、乳母や侍女がやっているのを見たことはある。

「これだな!?」

高い場所にあるレバーをひねれば、魔道具が動き出してお湯が出ると侍女が話していた。

「だーう、うごかないで。せなかにたつからな?」

「わふ」

頭にキャロを乗せ、ダーウの背に乗り、レバーをひねる。

途端に蛇口から冷たい水が噴き出した。

「うわぷ、つめた、つめたい。ふっぎゃああ」

「きゃふう」「きゅきゅきゅ」

ダーウとキャロと一緒に全身に冷たい水を浴びてしまった。

レバーを戻そうと思ったが、転んでしまったので、届かない。

「うぷぷ……つめちゃ」

「ルリア様、何をされているのですか!」

そこに乳母が駆けつけてきて、レバーを戻してくれた。

「たすかった」「わふ……」「きゃう……」

「ルリア様。勝手に動かしてはいけません」

「ごめなさい」「わふぅ」「きゅ」

あたしが謝ると、ダーウとキャロも一緒に謝ってくれた。

あたししか悪くないのに、申し訳なくなる。

「だーうときゃろはわるくない。あたしがわるい」

「怒ってませんよ」

乳母は優しく微笑んでくれた。

「ルリア様、なにをされたかったのですか？」

「えっとあせをながして、きゃろがよごれたから、きゃろも……」

「わかりました。お待ちくださいね」

乳母はテキパキ動いて、お湯を出してくれた。

「お湯を出すにはまずこちらを動かさなければなりませんし、そもそも、温度調節が難しいので一人で動かしてはいけません」

「あい」

「約束ですよ？」

「あい」

あたしは乳母には勝てない。

乳母は、母と協力してあたしを母乳で育ててくれたのだ。

特に生まれた直後は、死にかけていた母に代わって、一日中面倒見てくれた。

家族ぐらい大切な恩人であるのは間違いない。

乳母はマリオンという名で、元々母の遠縁の者らしい。

あたしを洗いながら、マリオンが呟く。

「こうして、お嬢様のお世話をするのもあと少しですね」

「さみしい」

「私も寂しいです」

「でも、まりおんの子はもっとさみしいもんな？」

それがわかっているから、とめられない。

あたしの世話ばかりしているせいで、マリオンは実子に毎日会えていないのだ。

「まりおんの子に、ルリアも会ってみたいけどなー」

「…………旦那様と奥方様が許可されればいつでも」

「そっかー」

乳母の子は乳母子《めのとご》といい、乳母が育てる貴人の子を養君《ようくん》と呼ぶ。

つまりあたしが養君で、マリオンの子が乳母子だ。

乳母子は、養君の無二の腹心になったりする。

乳母子が腹心になることを期待して、出自や人柄、頭の良さなどを見て、乳母を選ぶことも多い。

実際、兄と姉の乳母子は、よく一緒にいるし、一緒に勉強したり訓練したりしている。

あたしも兄の乳母子に遊んでもらったり、姉の乳母子に絵本を読んでもらったりしたことがある。

だが、あたしの乳母子には会わせてもらったことがない。

「いつか会えますよ。それにマリオンも会いに来ますから」

「そだね！　るりあ、まりおんがだいすき」

「わたしもお嬢様が大好きですよ」

大切な乳母、マリオンが役を辞して家に帰ったのは、それから三日後のことだった。

五章　五歳になったルリアと精霊と守護獣

五歳になって、しばらくたったある日。

朝起きて、寝台のヘッドボードの上に立っているキャロを摑んで抱きしめる。

「キャロ、おはよう」

「きゅう」

「見張りしてくれなくても、いいのに」

「きゅ〜」

キャロはいつもヘッドボードの上に立って見張りをしてくれるのだ。

一緒に寝ようと抱っこして寝ても、気付いたらヘッドボードの上に立っていることが多い。

「キャロも、ちゃんと寝ないと」

「きゅうきゅう」

寝ているとアピールしているが、あまり寝ていないに違いない。

「寝ないとおおきくなれない」

「きゅ〜」

ダーウはでかくなったのに、キャロは全然大きくならない。

きっと睡眠が足りないに違いない。

「キャロ、ルリアの頭のうえでねたらいい」

キャロを頭の上に乗せて、横で寝ているダーウを撫でる。

いつもダーウは寄り添って寝てくれるのだ。

夏は暑いけども、冬はとても温かい。

「ダーウ、おはよう」

「わ～～～ふぅぅ」

ダーウは大きく伸びをする。

ダーウの体長は、もはや父よりでかい。

父は人族の中では身長が高い方だ。それでもダーウの方がでかいのだ。

「やっぱり、寝ているからか？」

「わふ？」

ダーウはあたしが寝ると、一緒に寝る。

そして、あたしが起きているときにも、結構寝ているのだ。

「かあさまが、寝たほうがおおきくなるっていってた……」

「わふ？」「きゃう？」

「でかく……なりたい……」

人はでかい方がいいのだ。小さいと虐められても抵抗しにくい。

前世でも、隷属の首輪をつけられそうになったとき、力があれば抵抗できたはずなのだ。

「ちからこそ、すべてをかいけつする……」

あたしも、もっと寝た方が良いかもしれない。

あたしはダーウとキャロと一緒に寝台から出ると体を動かす。

「ふん、ふん、ふん」「わふうわふ」「きゅっきゅ」

剣術の教師に教えてもらった体操だ。

これをすることで、体の可動域が増える。結果、戦いやすくなるらしい。

ダーウとキャロも見よう見まねで、一緒に体操してくれる。

「ふう〜」「わふ〜」「きゅう〜」

体操を終えると、中庭に通じる窓まで歩く。

窓を開けると、春の朝の涼しい気持ちの良い風が、部屋の中に流れ込んでくる。

「むふ〜」「わふ〜」「きゅ〜」

ダーウやキャロと大きく深呼吸していると、

「くるっぽー」「ほっほー」

たちまち、窓枠に鳥たちが集まってくる。

鳥たちは、普段は屋敷の外にある鳥小屋で暮らしているのだ。

そして、あたしが窓を開けたり、剣術の訓練で中庭に出たりすると集まってくる。

鳥たちの種類は多様だ。

猛禽類もいるし、普段猛禽類に狩られる立場の小鳥や鳩などもいる。

そんな多種多様な鳥たちが、一つの群れのように仲良く暮らしている。

不思議である。生き物に詳しい母も不思議がっていた。

「おはよう、鳥たち。なかよしなのはいいこと」

「ほっほう」

すると群れのリーダーであるフクロウが、羽をバサバサさせた。何かを伝えたいらしい。

「どした？」

どうやら、フクロウたちは窓の外をあたしに見て欲しいようだ。

あたしは窓から体を乗り出して、下をのぞき込んだ。

「こ、こけ」

「む？　にわとりがおる」

にわとりは夕食時にたまに出てくる鳥だ。味は美味しい。

図鑑を沢山読んだので、あたしは鳥には詳しいのだ。

「ほっほー！　ほうほう！」

フクロウがにわとりを、もっと見てやって欲しいとアピールしているように感じた。

実はあたしは鳥や動物たちが、何を言いたいのかなんとなくわかる。

前世、家畜小屋で生活し、今もダーウやキャロ、鳥たちと仲良くしているからだろう。

「むむ？　そなた、怪我してるな？」

にわとりは怪我をしているようだ。傷口が見えたわけではないが、直感でそう思った。

「んしょっと」

あたしは窓枠を乗り越えて飛び降り、地面をゴロゴロと転がり無事に着地する。

中庭の地面までから窓枠まででは、あたしの身長よりずっと高い。

だが、あたしは剣術を習っているので、高いところから飛び降りたりするのも得意なのだ。

「ばう！」「きゅっきゅ！」

ダーウは危ないことをするなと怒ったように鳴き、キャロは心配して鳴いていた。

「だいじょうぶ。つぎからは気をつける」

「バフッ！」

力強く吠えて、ダーウがぴょんと、窓枠を軽々飛び越えた。

次からは、飛び降りずに背中に乗れと言っているかのようだ。

「ありがと、次からそうする」

すぐにキャロも軽やかに走って、あたしの頭の上に乗りにくる。

「にわとり。だいじょうぶか？」

あたしは怪我をしているにわとりを抱き上げる。

にわとりはキャロより大きいが、あたしは力持ちなので抱き上げることもできるのだ。

「……こっこ」

にわとりは逃げずに大人しく抱っこされている。

「けがのとこ、さわるよ？」

怪我の状態を調べるために、にわとりの全身を優しく撫でる。

「コケっ！」

「ごめん、いたかったな？」

「こう～」

「ふむ。どうやら、右のはねの骨と右のあしの骨がおれてる。……じゅうしょうだ」

「こぅ」

「いたいのいたいの、とんでいけー」

「ココっ!?」

なぜか、にわとりがびっくりしたような声を出した。

「どした？　おまじないだ」

ただのおまじないだ。効果はないとわかっている。

だが、あたしが転んで泣いたとき、母がやってくれた。

そのとき、痛いのが少し収まった気がしたのだ。

にわとりの感じる痛さが、少しでも和らげばいい。

「みんな、にわとりのことは、ルリアにまかせろ」

「ほっほう！」「くるっぽ～」

鳥たちに見送られて、あたしは中庭から屋敷の中へと歩いて行った。

「ダーウ、かあさまの部屋に行って」

にわとりと一緒にダーウに乗り、肩にキャロを乗せ、母の部屋に向かう。

キャロがいつもより周囲をキョロキョロする回数が多い。

怪我にわとりがいるから、敵にすぐに気付けるように見張ってくれているのだろう。

「それにしても……そなた。どうやって中庭にきた？」

「こう？」

にわとりはきょとんとしている。

図鑑をよく読んでいるあたしは知っているのだが、にわとりも少しは飛べるのだ。

だが、屋敷を飛び越えて、中庭に入るのは難しかろう。

「フクロウたちに、つれてきてもらったのか？」

「こっこう？」

にわとりは、目をそらした。ばれたら、フクロウたちが怒られると思ったのかもしれない。

「おこらんよ？」

といってにわとりを撫でると、

「こ〜」

にわとりは気持ちよさそうに鳴いた。

「お、お嬢様！　そのにわとりを、いったいどうなされるのですか？」

廊下を歩く侍女が、にわとりをみて驚いている。

「だいじょうぶ。今から、かあさまのところにいくのだから」

「あ、そうなのですね」

侍女はほっとしたようだ。

あたしがにわとりを勝手に飼おうとしていると思ったのかもしれない。

母に許可を取らずに、そんなことするわけないというのに。

母の部屋の前に付いたら、ダーウの背からおりてしっかりとノックした。

このまえ、姉に、部屋に入る前にはノックしなさいと教えてもらったのだ。

「かあさま！」

「どうしたの？　……え？　ルリア？　ま、まさか？」

かあさまも、先ほどの侍女と同じような表情を浮かべていた。

「かあさま、どした？　そんな、まるでカブトムシを食べていいか聞いたときみたいな顔をして」

あれは一年前か、二年前か。

ダーウとキャロと話し合って、カブトムシは美味しいのでは？　ということになり、母に聞きに行ったのだ。

あのときは尋ねる前から、あたしの持つカブトムシを見て、顔を引きつらせていたものだ。

ちなみにそのときのカブトムシは、食べるなと言われたので、中庭に放したらフクロウが食べた。

「い、いえ、どうしたの？　ルリア」

「このこ、怪我してるから治してあげてほしい」

「怪我？　見せて？」

母はダーウの背に乗るにわとりを診ながら呟く。

「てっきり、夕ご飯に食べたいと言うのかと思ったわ」

「こっ？」

母が夕ご飯とか言うので、にわとりがビクッとした。

「そんなことしない。かあさまは、鳥小屋をつくってくれたときもそんなこといってた」

「そうだったかしら？」

母はすぐ食べるとかいう。食い意地が張っているのかもしれない。

今度、母におやつを分けてあげよう。

しばらくにわとりを調べたあと、母は「うーん」と呟いて、首をかしげる。

「……この子、怪我してないように見えるけど」

「そんなはずない。足と羽の骨が折れてる」

「でも、ほら、見て」

かあさまに抱っこされたにわとりを撫でた。

「こここぅ」と、にわとりは気持ちよさそうに鳴いている。

「さわるよ？　痛くてもがまんしてな？」

あたしは怪我をしていたはずの羽と足を撫でた。

「ここここぅ」

やっぱりにわとりは気持ちよさそうだ。

「む？　さっきは痛がっていたのに……。おかしい」

「こぅ？」

「ルリアの気のせいだったのではなくて？」

「うーん。でも、骨はおれてた。皮膚をやぶってはなかったけど……」

「あきらかに折れてたの？」

「おれてた。な？」

「こう」

にわとりも折れてたと言っている。

母はしばらく無言で考えていた。

「…………でも、骨が折れてないなら、それに越したことはないわ」

「たしかに」「こここぅ」

「あなた。よかったわね」

そういって、母はにわとりを撫でた。

「わふわふ」「きゅっきゅ」

ダーウは尻尾を振りながら、にわとりの匂いを嗅ぎに行き、キャロは嬉しそうにあたしの右肩と左肩を往復した。

「それで、ルリア。飼いたいと言うのでしょう？」

「え？　うーむ」

治療してあげなきゃとしか考えてなかった。

だが、怪我してないからと、外に放すのは可哀想だ。

鳥小屋で暮らすにしても飛べないから、中庭に遊びに来られない。

それに飛べないから、外に出ればイタチや狐に簡単にやられてしまうだろう。

「骨は折れてなかったけど……。いちど、ルリアがひろったし……」

「そうね、今更夜ご飯にはできないわよね」

「コッ？」

夜ご飯の言葉に反応したにわとりが、羽をバサバサさせる。

「あら。逃げられちゃった」

にわとりはダーウの背から、あたしのもとに飛んでくる。

「むむ？　るりあのところがいいか？」

「ここう」

「じゃあ、いっしょにくらそう。かあさま、いい？」

「仕方ないわね」

「やったー」「こっこぅ！」

にわとりも喜んでいる。

「そなた、名前なにがいい？」

「レオナルドとかいいんじゃないかしら？」

「それはない。こうこ……こっこ、こけた、ぴいちゃん……」

考えていると、にわとりは期待のこもったまなざしで、あたしを見上げてくる。

実際に口にして、しっくりくる名前を探る。

「ふむ！　やっぱりコルコ！　そなたはコルコだぞ」

「ここう！」

コルコは嬉しそうに鳴いた。

ダーウとキャロも嬉しそうにはしゃいでいた。

◇◇◇◇

まだ名無しだったコルコがルリアに保護される前日の真夜中の話。

ルリアの住む屋敷から徒歩一時間ほど離れた場所にある森の中に、コルコはいた。

守護獣であるコルコは、特別な精霊王であるルリアに会いにいく途中、森に立ち寄ったのだ。

「……こぅ」

コルコは、高い木の枝にとまり、周囲を睥睨《へいげい》する。

月のない夜。周囲を照らすのはわずかな星明かりのみ。

にわとりであるコルコには、周囲はほとんど見えない。

だが、コルコの感覚は、森の中を蠢《うごめ》く呪者をしっかりと捉えていた。

夜目が利かなくとも、コルコは守護獣のにわとりなので魔力と呪力を見ることができた。

『こわいよー』『たすけてー』

コルコの周囲には、怯える精霊たちがいる。

呪者は精霊を食らう。

その呪者から精霊を守るのが守護獣たるコルコのつとめだ。

「ここ……」

眼下にいる呪者は、すこしだけ狼に似ていた。

だが、体長は並の狼の二倍あり、頭が二つあり、目が三つあった。

口は十字に裂けており、恐ろしい牙がびっしりと生えている。

舌は蛇のように二つに分かれ、全身は粘液に覆われていた。

並の呪者ではない。呪者の中でも特別に強力な部類に入るだろう。

「ギュリュルル……」

呪者は蛇のような舌をチロチロ出して、精霊を探っている。

「ギュルリ？」

呪者の三つある目が木の上にいるコルコ、いや、コルコの周囲にいる精霊を捉えた。

『こっちみた、こわいー』

次の瞬間、呪者は凄い勢いで木を登って精霊に襲いかかる。

『きゃあ』『こわい―』
「ココゥ！」
コルコは樹上から飛び降りて呪者を迎え撃った。
自慢の爪で呪者の頭を摑んで、地面へと叩き落とす。
呪者の牙をかわし爪を避け、クチバシをたたき込んで、爪で切り裂く。
三十分に及ぶ死闘の末、コルコは勝利した。
呪者は滅び、灰になって朽ちていく。
その代償にコルコの足と羽の骨は折れてしまった。
内臓にもダメージが入っているし、肉離れも起きている。
死にそうだった。
『ありがとう、ごめんねごめんね』『いたい？　だいじょうぶ？』
「こう」
お礼を言い心配する精霊たちに「心配するな」といって、コルコは歩き出す。
精霊たちを心配させないよう、怪我を隠し、何でもないように無理して歩く。
最後に精霊を助けられて良かった。そのことにコルコは満足した。
だが、ルリアには、もう会えないかも知れない。それだけはとても悲しかった。
でも、少しでもルリアの近くで死にたいという思いでゆっくりと歩く。

「ほっほう！」

しばらく歩くと、フクロウがやってきた。

そのフクロウはルリアの鳥小屋に住む鳥たちのリーダーである。

呪者の気配を察知して駆けつけ、夜目の利く目でコルコを見つけたのだ。

「ほう！」

フクロウは「よくやった、ありがとう」と褒めてお礼を言った。

そして、足でコルコを摑むと、中庭へと運んだのだった。


屋敷の周囲に集まっている守護獣は鳥たちだけではなかった。

守護獣たちが集まるのは、ルリアが可愛いからというだけではない。

ルリア目当てに集まる呪者を退治するために集まってもいた。

鳥たちは毎日のように呪者を退治していたし、呪者の気配を察知したキャロは、毎夜ヘッドボードに直立していたのだ。


中庭に到着したコルコに鳥たちは餌を分け、囲んで温める。

春とはいえ、夜は寒い。

怪我したコルコが凍えないようにと鳥たちは考えたのだ。

朝になり、コルコはルリアに会えて、しかも抱きしめて貰えた。

ルリアに触れられて、コルコはとても幸せな気持ちになった。

「いたいのいたいの。とんでいけー」

そう言った瞬間、ルリアは強力な治癒魔法を無意識で発動させた。

骨折も、肉離れも内臓の損傷も、全てが一瞬で治ったのだった。

「ココっ!?」

やはり特別な精霊王というのは伊達ではなかった。

コルコは尊敬の目でルリアを見た。


コルコと名付けてもらい、朝ご飯をたっぷり食べた後、ルリアの部屋に連れて行ってもらう。

ルリアは、コルコにトイレの場所などを教えた後、昼寝を始めた。

治癒魔法を使って疲れたのだろう。

『精霊たちを助けてくれたようだな。感謝する。コルコよ』

「こっこ」

ルリアが眠ると、二本の尻尾を持つ猫の姿をした精霊王がやって来た。

『これからも、ルリア様を頼む――ぬお』

話している途中の精霊王が、ルリアに摑まれた。

「……ねこ……ふへへ」

ルリアは寝ぼけているようだ。

『ま、まずい。まだルリア様の前に姿を現すわけには』

精霊王はもがくが、ルリアががっちり摑んでいるので逃げられない。

ルリア本人は魔力で手を覆っているから精霊に触れられると思っている。

実際に前世のルイサはそうしていた。

だが、ルリアは精霊王なので、魔力で手を覆う必要はなかったのだ。

『ま、まずい。コルコ助け……』

「こう」

コルコはルリアの手をほどこうとしたが、無理だった。

嘴《くちばし》でつついたり、爪を使って強引に引き剝がせば、ルリアが怪我をする。

そんなことはとてもではないが、コルコにはできなかった。

『キャロ、たのむ』

「きゅい」

キャロも動き出したが、あっさりとルリアに捕まった。

「……きゃろは……ねたほうがいい……ふみゅ」

右手に精霊王、左手にキャロを摑んでルリアは眠る。

『ダ、ダーウ、頼む。ダーウ？』

「……ぁぅ……ぁぅ」

ダーウはルリアの横でおへそを天井に向けて熟睡していたので、起きなかった。

◇◇◇◇

昼寝から目を覚ますと、口の中に何かがあった。

「もにゅもにゅ？」

くせになる不思議な味だ。

「もにゅ？」

何が入っているのだろうと思って、確かめてみると黒猫がいた。

どうやら、右手でその猫を抱っこして、尻尾を口に入れていたらしい。

「すまんな？」

『…………』

黒猫は鳴かなかった。

「そなた、尻尾が二つあるな？　怪我したのか？」

『…………』

怪我で尻尾が裂けたのかと思って心配したが、そうではないらしい。

「羽もはえている……かっこいい。新種猫かもしれない」

『…………』

「かあさまにみせよう」

生き物に詳しい母なら、尻尾が二本あって羽の生えた猫についても知っているかもしれない。

それにしても大人しい黒猫だ。

「きゅきゅう」

右手で抱っこしていたキャロがこちらを見つめている。

「キャロ、ねむれた？」

「きゅっきゅ！」

「ダーウとコルコはどうだ？」

「ばう！」「こっこう！」

黒猫を抱っこしたまま、キャロやダーウ、コルコに挨拶する。

そして、改めて黒猫をじっくりと眺めた。

「この黒猫は……、む？　まさか精霊？」

『……にゃあ～』

今更、猫みたいに鳴いても、もう遅い。

よく見たら、動物じゃなかった。精霊だ。

魔力で手を覆ってないのに、抱っこできているので気付かなかった。

なぜ、抱っこできているのかはわからない。

「……しっかりした姿の精霊……」

『ふにゃぁ～』

「そなた、はなせるな？」

『ぬゃー』

どうしても猫の真似をやめないつもりらしい。

生まれたばかりの幼い精霊はぽやぽやして輪郭がはっきりしない。

成長すると輪郭がはっきりしていき、自我もはっきりしてきて、話せるようになるのだ。

しっかりとした猫の姿を取れるということは、かなり成長した強力な精霊なのは間違いない。

話せないわけがない。だが、話してくれない。

「……ルリアが精霊とはなせないかのうせい……」

『にゃ～』

前世とは違うのだ。現世ではあたしは精霊と話せない可能性だって充分にある。

だが、どうも黒猫の精霊とは話せそうな雰囲気を感じる。

「あ、…………ルリアのことが嫌いだからはなしてくれないの？」

『にあ!?』

「……ルリアが……みんなを、まもれなかったから」

前世の最後に命をかけて周囲を燃やし尽くした。

それだけしかできなかったのだ。

だが、それで精霊たちが逃げられたかどうかわからない。

前世の自分にもっと力があれば、精霊を閉じ込めていた金属の筒を破壊できただろう。
いや、もっと力があれば、精霊たちは捕まることすらなかったかもしれない。
精霊たちに恨まれても仕方がない。
あんなに助けてもらったのに、精霊たちが大変なときに助けてあげられなかった。
「……ごめんね」
悲しくて、申し訳なくて、泣きそうになる。
『ち、ちがうのだ！　嫌いじゃないのだ』
黒猫は慌てたように話してくれた。
「……ねこ、はなせる？」
『…………話せる』
それから、黒猫の精霊はぽつりぽつりと語り始めた。
『あのとき、ルイサ様は……みんなを助けてくれたのだ』
「きんぞくのつつ、ちゃんと燃えた？」
それが心残りだった。
自分ができるかぎりのことをやった。
だがその結果を見る前にあたしは死んでしまったのだから。
『燃えなかったけど、ちゃんと溶けたのだ』
黒猫の精霊はあたしの目をじっと見つめた。

『僕もあの筒の中にいたのだ。ありがとう。本当にありがとう。ルリア様』

精霊を助けられたなら、良かった。

苦しくて、辛くて、良いことなどほとんどなかった人生だったけど、無駄ではなかった。

「みんな、たすかった？」

『うん、精霊はみんな助かったのだ。ありがとう』

「……よかった。……ほんとうによかった」

黒猫の精霊をぎゅっと抱きしめる。

物質的な存在ではないはずの黒猫の精霊が温かかった。

そんなあたしをダーウがベロベロと舐めてくれた。

「あの……ロアは元気か？」

『ロア様は、あの後しばらくして……残念ながら、崩御されたのだ』

「………そう……なんだ」

崩御。つまり亡くなったということ。

自然と涙がこぼれた。

あの優しかった精霊王のロアが死んでしまった。

もう、会えないのだ。

『泣かないでほしいのだ。ルリア様。僕たち精霊は……死んでも、いつかは転生するのだ』

「……ロアにあえる？」

『それはわからないのだ。だけど絶対に不可能というわけじゃないのだ』

「そっか。ありがと」

会える可能性があるなら、それだけで充分だ。

いや、本当はとても悲しい。

でも絶対に会えないというわけではないなら、それを望みに頑張れる。

「いつかあいたいな」

『うん、会えるといいのだ』

「そなたは、ロアが転生したらわかるか？」

『わかんないのだ。ごめんね』

「ううん。あやまらなくていい」

あたしは黒猫の精霊をぎゅっと抱きしめた。

「ありがとう、いきていてくれて」

『うん……うん……ありがとう、ルリア様』

抱きしめていると、黒猫の精霊に名前をつけるべきだという気がしてきた。

充分に成長した精霊以外に名前をつけてはいけないと、ロアから聞いた。

なぜなら幼い精霊は、その名前に縛られて成長が歪んでしまうらしいからだ。

逆に強くなり過ぎて、力の暴走を抑えきれなくなることもあるらしい。

「そなたに、なまえつけていいか？」

『いいの？　うれしいけど……』

「うん！　じゃあ、そなたの名前は……くろにする」

『名前……僕の名前……クロ？』

「うん、だめ？　ちがうのがいい？」

『うれしい。僕の名前はクロなのだ！』

クロは嬉しそうにのどをゴロゴロ鳴らした。

あたしは、しばらくの間クロをぎゅっと抱っこした。

温かくないはずなのに、温かかった。

優しく撫でながら、クロに尋ねる。

「ロアは、どうして死んじゃったの？」

『…………』

のどをゴロゴロ鳴らすのを止めて、クロは黙り込む。

「くろ？」

『ごめん。それはいえないのだ。ロア様がそれを望んでいると思うから』

「どうして？」

『理由もいえないのだ。……ごめんね？』

クロはしょんぼりした様子で尻尾をしなしなと垂らす。

「そっか」

『ごめんね？』

「あやまらなくていいよ。それがロアの望みならそれがいい」

ロアの最期について知りたいと思うが我慢する。

だが、ロアが知られたくないと言ったのならば知らない方がいいのだ。

寝台の上で、クロを抱き、ダーウとキャロとコルコに囲まれていると、

『るりあさまー』『くろだけずるいー』『なでてー』

ぽわぽわした精霊たちが集まってきた。

その精霊たちは、よく目にしていた精霊たちだ。

ダーウと精霊投げで遊んだこともあった。

だが、その間、精霊たちは一言も話さなかったのだ。

「わわ！　いつもの精霊たち！　はなせたのだ？」

『はなせるー』『くろが、はなすなっていうからー』『なでてー』

あたしはぽわぽわした精霊たちを撫でる。

『ち、違うのだ。意地悪で話すなと言ったわけではないのだ』

「意地悪だとは思わないけど……どしてなのだ？」

『人の幼児は精霊と話すと、言葉を覚えるのが遅くなるし、変な口調になるのだ』

「そんなことないとおもうけどな？」

『……そだね』

「みんな。これからは話してくれるのだな？」

『話したい、話したいのだ……でも、まだ控えた方がいいとおもうのだ』

「むう」

『えー、どしてどして？』『るりあさまとおはなし！』『なげてー』

ほわほわした精霊をわしっと摑むと、ぽいっと投げる。

『きゃっきゃ！』

「わふ！」

ダーウが走って精霊を咥えて戻ってくる。

『なげてなげて～』

「むん！」

『きゃっきゃ』

あたしとダーウが精霊投げで遊び始めると、クロが困ったように言う。

『本当に、あまり良くないのだ……せめて十歳ぐらいまでは』

「そなの？」

『言葉にへんな癖が付くし、それになによりも……』

そのとき、部屋の入り口にたたずむ、おやつを持ってきてくれた姉に気付いた。

どうやら、うっかり扉を閉めずに昼寝してしまっていたらしい。

うっかり閉め忘れるのは、幼児だから仕方のないことである。

「ルリア。いったい誰とお話ししていたの？」

「む？　えっと……」

あたしは抱っこしていたクロを手放した。

姉には見えないはずだと、頭ではわかっているが思わずの判断だ。

『わー』『にげろー』

精霊たちはそんなことを言いながら、楽しそうに部屋の中を動き回る。

本当に小さな子供のようだ。

一方、クロは寝台の上で、前足を伸ばし、お尻をあげて大きく伸びをする。

二本の尻尾と、猫らしくない羽が格好良い。

『ルリア様、精霊と話してたって答えないほうがいいのだ！　変な奴だと思われるのだ！』

伸びをし終わったクロがそんなことを言う。

「そ、そだね」

「ルリア？　まさか、そこに誰かいるの？」

「い、いないのだ！」

「のだ？」

いぶかしげに、姉は首をかしげる。

ただ、そうしているだけなのに、姉は可愛かった。

「えっと、ええっと……」

『人は子供が見えないなにかと話していると怯えるのだ。内緒にした方が良いのだ』

「そ、そうだな？」

『それが、僕たちが、ルリア様に話しかけなかった理由でもあるのだ』

「な、なるほど？」

凄く腑に落ちた。

幼いと他の人には精霊が見えないということを理解できない。

だから人前で精霊に話しかけてしまうかもしれない。

「そうだったかー」

「ルリア？」

「だ、誰もいないのだ！　何も見えてないのだ！」

クロの言うとおりだ。

精霊が見えて、話せるとなれば、厄災の悪女ルイサと結びつける者が出てくるだろう。

ましてやあたしは赤い髪と目をもつ王族の娘なのだ。大騒ぎになりかねない。

父は守ってくれると思うが、屋敷には沢山の使用人がいる。

情報がどこから漏れるかわからない。

万が一にでも唯一神の教会の耳に入ったら大変だ。攫われかねない。

「えっと、ねーさま！　ルリア、ダーウと話してたのだ！」

「わふ？」

あたしは咄嗟にごまかした。なかなか機転の利いた良い返事だと我ながら思う。

ダーウもあたしに合わせて、賢そうな顔をして首をかしげている。

きっと、姉は、あたしがダーウと話していると信じてくれたに違いない。

「のだ？　まあいいわ。目に見えないなにかと話しているのかと思って驚いちゃった」

「そ、そんなわけないのだ。目に見えない奴なんて見えないのだ」

「そうよね」

姉はほっとした様子で中に入ってくる。

ごまかせたようで良かった。

クロも『ふう～助かったのだ～』と安心している。

「もう、ルリア。びっくりさせないで」

「すまんのだ」

「一緒におやつを食べましょう？」

「やったのだ！　おやつなのだ！」

「……その……ルリア」

「どうしたのだ？」

「その、『のだ』っていうのやめた方がいいわ」

「えっ？」『えっ？』

姉は少し困ったような表情を浮かべて、呟くようにいった。

解せない。

「なのだ」というのは、普通の言葉のはずだ。

頭の良いクロだって「のだ」って使っているぐらいだ。

どこもおかしくないはずなのだ。

姉はいったいどこがおかしいと言いたいのだろう。

あたしは、クロの顔を見る。

『…………』

クロは、何かを誤魔化すかのようにさっと目をそらした。

もしかしたら、おかしいのかも知れない。そんな気になってくる。

「…………さすがに……ね？　ルリアの変な口調は注意しないつもりだったけど」

「変かのう？」

「どう聞いても変ね」

「そっかー。そうだったかー」

少しショックだった。変ではないはずだったのに。

姉はショックを受けるあたしをよそに、おやつが載ったお盆をテーブルの上に置いた。

「こっちにいらっしゃい」

「ん！」

あたしは寝台から出て、テーブルに向かって走る。

「ダーウたちもいらっしゃい。用意してあるわ」

そういって、姉は床にダーウたちのお皿を置いた。

ダーウには大きな骨、キャロとコルコには野菜くずだ。

使用人を含めれば、屋敷には沢山の人がいる。

だから、野菜の皮や切れ端などの野菜くず、豚や牛の骨は調理の際に沢山出るのだ。

鳥小屋にも一日三度、野菜くずを持って行ってくれていると聞いている。

「あなたがコルコね？　ルリア、撫でても大丈夫かしら？」

「だいじょうぶ！」

おやつをついばむコルコの背中を姉は撫でる。

「私がルリアの姉ですよ。よろしくね。コルコ」

「こっこ」

その様子を見ながら、あたしもおやつを食べる。

今日のおやつはクッキーだ。とても美味しい。

「この世に、こんなおいしいものがあるなんてなー」

前世では想像もつかなかったことだ。

ちらりと、キャロとコルコたちのおやつを見る。

「きゅい？」「こっこ？」

「だいじょうぶ、ちゃんとたべてな？　おいしい？」

「きゅいきゅい」「こっこぅ！」

キャロもコルコも、おいしいと言っている。

前世ではキャロたちの食べているような野菜くずも、ごちそうだった。

ヤギたちの餌に交じる野菜くずを分けてもらっていたものだ。

「また変なこと言って。クッキーを食べるのは初めてじゃないでしょう？」

「うむ。食べたことはあるのだ」

「また、のだって……まあ、いいのかしら？」

姉はコルコを撫でながら、少し考えている。

そうしているだけで姉は絵になる。

にわとりと聖女。そんな題の絵画にして飾るべきだ。

「父上も母上もルリアを伸び伸び育てる方針だから、口調を注意しないけど……姉ぐらいはね」

「ふむー」

なんとなく、父と母が良い意味で放任してくれているのは感じていた。

ヤギを飼いたいと言っても、だめと言われたことはない。

それどころか、ヤギの本を買ってくれた。

普通の王族ならば、娘がヤギを飼いたいからヤギの本をくれと言ったら呆れるだろう。

ヤギの飼育は使用人がやることだと言って鼻で笑うに違いない。

「ルリアに、王族としてふさわしいふるまいをしなさいとまでは、姉も言わないけど……」

「そっかー。うすうす感じていたけど、ルリア、王族ぽくないか？」

「王族どころか、貴族のご令嬢っぽくもないわね。まだ五歳だから仕方ないのだけど」

「……そっか。気をつけ……はっ」

そのとき、あたしは素晴らしいことを思いついた。

「どうしたの？」

「このままだと、ルリアは嫁のもらい手がないな？」

「……そういうことを言う口さがない人もいるかもしれないわね」

姉は慎重に言葉を選んでいる。

きっと、内心では「当たり前だ」と思っているに違いない。

それを、そのまま伝えたら、あたしが傷付くと思って配慮してくれているのだろう。

心の中で、姉の優しい配慮に感謝しつつ正直に言う。

「ルリアね。結婚したくないの」

「そうなの？　どうして？　姉に教えてくれる？」

王族の娘は結婚するのが当たり前だ。

それが常識だってことは、さすがにあたしでも知っている。

「だって、自由がなくなるし、不幸になる」

「うーん。母上は、不自由で不幸に見えるの？」

「……む？　むう？　そういわれたら、そうだな？　見えないかも？」

母は完全に自由ではないが、ある程度は自由だと思う。

そもそも完全に自由な人間などいない。

それに母は幸せそうにも見える。子供たちの前だから、そう見せているだけとは思いたくない。

「だがなー。ルリアはかあさまとはちがうし」

「それはそうだけど」

「結婚しても、ヤギと山のなかでくらせるか？」

「……それは……難しいかもしれないわね」

「やっぱりかー」

あたしは真剣に自分の思いについて考えてみた。

もしかしたら、婚姻の指輪を、前世の隷属の首輪のように感じているのかもしれない。

「ねーさま！」

「どうしたの？」

「ルリアは結婚しないから、口調とかきにせず、すきにはなす！」

「……そうね。それもルリアらしいのかもしれないわね」

「うん！」

あたしのふるまいが令嬢らしくないと言うような相手は、こっちもお断りである。

「ねーさま！　いっしょにクッキーたべよ。おいしい」

「あら、分けてくれるの？　全部食べてもいいのよ？」

「ねーさまと、たべる！」

「ありがとう。ルリア」

姉はあたしの隣に座ると、クッキーをパクリと食べた。

食べ方も上品で、綺麗だ。

これが令嬢っぽさ、いや王族の姫っぽさなのだろう。

「ねーさまは結婚するの？」

「そうね。姉はきっとするわね」

姉と結婚する誰かは幸せ者だ。

こんなに可愛いし、優しいのだから。

「相手はとーさまがきめるの？」

「そうかもしれないわね。でも父上は第二王子だから……陛下が決めるのかもしれないわね」

「へいかかー」

姉の結婚前に祖父が崩御すれば、新王である伯父が姉の婚姻相手を決めるのかもしれない。

「むう～」

父があたしは結婚しなくてもよいと言っても、祖父《国王》や伯父《王太子》に結婚させられる可能性もある。

王族には結婚の自由などあるわけがないのだから。

「……奇行しかないな？」

自分の評判を悪くすれば、同格以上の相手からは婚姻相手として避けられる。

必然的に婚姻相手の格は下がる。

格下の相手に対してならば、縁談をぶち壊すための工作もしやすくなる。

もちろん、相手に迷惑をかけたらだめだ。

あたしが加害者、相手が被害者となるのが望ましい。

「令嬢らしくない令嬢……そう悪役みたいな令嬢……になれば……」

あたしは姉に借りて読んだ物語を思い出していた。

前世のあたしと同じルイサという悪い貴族令嬢が、平民の主人公を虐める話だ。

最終的に主人公の本当の父が公爵であることがわかり、ルイサはひどい目に遭う。

そして主人公の優しさに心打たれた王子に、主人公が嫁いでめでたしめでたしと言った話だった。

あの物語に出てきたルイサのように、人を虐めるのは良くない。

だが、虐めなくても悪役みたいな令嬢はできるはずだ。

とんでもない娘だと噂になれば静養させるという名目で田舎に送ってくれるかもしれない。

父は第二王子でありながら、大公の爵位と領地を持っている。

その領地の端っこに、小さな土地と、粗末な家を貰えたら充分だ。

そうなれば、ヤギと暮らせるだろう。

「悪役令嬢。……それしかない。ルリアは……せんりゃくか」

「ルリア、また変なこと考えている？」

「そ、そんなことない」

「そう？　それならいいのだけど」

姉にも迷惑をかけないよう、本格的な奇行は姉が嫁いでからにしよう。

そう決めた。


コルコが仲間になって、三日後。兄の剣術の授業がない日。

あたしは、キャロとコルコ、そして鳥たちに見守られながら中庭で木剣を振っていた。

田舎暮らしをするには体力が必要。

素手で魔獣ぐらいは倒せるようにならないといけない。

だから、兄の授業がない日も、あたしは毎日剣を振っているのだ。

「ふんぬ！　ふんふん！」「わふ！　わふわふ！」

いつものように、ダーウも一緒に口に咥えた木の枝を振り回してくれている。

『きゃー』『こっちこっち！』『きゃっきゃ』

精霊たちが木剣にまとわりつく。

クロと精霊たちと、一度会話してからというもの、精霊たちは話せない振りをやめた。

いつも周囲を楽しそうに飛び回り、きゃっきゃと騒いでいる。

幸せそうな精霊たちを見ていると、あたしも楽しくなる。

「あぶないでしょ！」「わふう」

『えー』『だいじょうぶだよ？』『きゃっきゃ』

物理的な体がない精霊は木剣が当たっても痛くないのはわかっている。

でも、精霊を木剣で殴るなど、心が痛む。

それに、さっき木剣に当たった精霊が『ふきゃー』と言いながら飛んでいったのだ。

その精霊は『もいっかい、もいかい』と言いながら戻ってきたが、不安になる。

「あそびじゃないの！」「わーう」

『あてて～』『るりあさまあてて～』『きゃっきゃ』

遊びじゃないといっても精霊たちはお構いなしだ。

わざと木剣に当たりに来る。

木剣を精霊に当てないようにするのが、大変だ。

「クロ、いるんでしょ？　みんなに、だめっていって！」

『…………僕にも精霊にも話しかけないほうがいいのだ。どこに人の目があるかわからないのだ』

『くろだー』『あそぼあそぼ』『きゃっきゃ』

クロが地面の下からにょきっと生えるように出現した。

口調とは裏腹に、クロの顔と尻尾は嬉しそうだ。

「あぶないの！」

『うーん。でも、大丈夫なのだ』

『だいじょぶー』『あててあてて～』『きゃっきゃ』

精霊たちは楽しそうだ。

「まんいちがある」

『うーん。……じゃあ、木剣を軽く当ててみてほしいのだ。僕に』

「うむ」

ポコンとクロに木剣を当てる。スカッと空ぶった。

『ね？　大丈夫なのだ』

「それはしっている。でも、さっきあたってはねた」

『それは……ルリア様が木剣に魔力をまとわせたからなのだ』

「し、しらない。ルリア、そんなことしてない」

『ルリア様は無意識にやったのだ』

「や、やっぱりあぶない！」

魔力で覆った木剣で殴ったら、精霊も痛いかもしれないではないか。

そう思ったのだが、

『大丈夫なのだ。ほら。精霊投げと一緒』

『いっしょー』『びゃって！　あてて』『きゃっきゃ』

「ほむ？」

『精霊を傷付けるためには、呪力が必要なのだ』

「ふむむ？　呪力……？」

『呪力については話すと長いから、あとで話すのだ』

「わかった。でも、ほんとにいたくないか？」

『痛くないのだ。魔力で覆ったぐらいで殴れるなら、魔物だって魔導師だって精霊を殴れるし危害を加えられるのだ』

「…………たし……かに？」

腑に落ちた。

人の魔導師も魔物も精霊を痛めつけることはできない。

あれ？　なぜ、前世の唯一神の教会は、精霊を捕獲して痛めつけることができたんだろう？

あっ、あれが呪力なのか。

前世の秘密に少し近づいた気がした。

それも含めてあとでクロに聞いてみようと心に決めた。

中庭で前世にまつわる話などは絶対にできない。

人の目がどこにあるのかわからないからだ。

いや、正確には今もあたしを眺めている侍女はいる。

幼児が木剣を振り回しているのだから監督するのは当たり前だ。

『だから、魔力で覆った木剣で遊んであげて欲しいのだ。教育にいいのだ』

「えっ、教育にいいの？」

驚いて、思わず大きな声が出た。

精霊たちが、魔力に覆われた木剣で殴られても痛くないのはわかった。

だが、教育にいいというのは、とてもではないが信じられない。

可愛い精霊たちが乱暴者に育ったらどうするのだ。

『ほら、さっき精霊投げと一緒って言ったのだ』

「聞いたのだ」

『それと同じなのだ。精霊は物理的な刺激を滅多に受けないから、魔力に覆われた木剣で――』

クロの説明は長い。

だが、そのおかげでなんとか理解できた。

物理的な世界に対する認知が向上し、知能が向上し、魔力が強くなり、優しくなれるらしい。

「そう……だったたか……」

『精霊投げで、ルリア様の近くにいた精霊はすくすく育ったのだ』

「それはしってる」

精霊投げが教育にいいことは、ロアに聞いたから知っていた。

「わかった。じゃあ、遠慮なくいく」「わふ！」

『やったーひゅい』『ひゅいひゅい』『ひゅい』

ひゅいひゅいってなんだ？

ともかく、精霊たちがはしゃいで、歓声をあげている。

「いくよ！　ふんぬ！　ふんぬ！　ちゃあああ！」「わふ！　あぅ！　わぁぁぁぅ！」

あたしはダーウと一緒に木剣を振るう。

『きゃっきゃ！』

今まで当たりに来ていた精霊たちが、はしゃぎながら避け始める。

「なぜ、よけるの！　ふんふんぬ！」「わふわふ」

『こっちこっち』『るりあさまー』『きゃっきゃ！』

『魔物ごっこみたいなものなのだ』

「魔物？　ごっこ？　ふんぬ！　ふん！」「わう！　わう！」

『ほら、魔物役と村人役に別れて、追いかけっこして、村人役が魔物役に触られたら、魔物役が交替するっていう』

「そんなのがあるのか！　ふんふん」「ぁぅぁぅ」

『人族の子供はみんなやっている遊びなのだ』

「そうなのか！　ふんぬ！　ふんぬ！」「わぅっ！　わぅっ！」

つまり、木剣に当たりにいく遊びから、木剣を避ける遊びに変わったということだろう。

遊びのルールはわかったので、あとは全力で遊ぶだけである。

「とりゃあああ」「わふぅぅぅ」

『はやいはやい』『わー』『きゃっきゃ！』

精霊たちを捉えるために工夫して木剣を振りまくった。

いつもより集中したせいか、いつもの三倍ぐらい疲れたが、とても楽しかった。

◇◇◇◇

ルリアが木剣を使った魔物ごっこを始めた十分後。剣術教師が中庭のルリアを見た。

たまたま、授業以外の所用があって剣術教師は屋敷を訪れていたのだ。

「ふんぬ！　ふんふんぬ！　ふん！」「わふ！　わふわふ！　わふ！」

「なんと……」

ルリアの動きを見て、剣術教師は思わず声を漏らした。

「どうなされました？」

案内の侍女に尋ねられて、剣術教師は呻くように言う。

「お嬢様は剣術の天才かもしれません」

侍女も中庭のルリアを見たが、いつものように遊んでいるようにしか見えなかった。

相変わらず「ふんふん」言って、とても可愛いが、天才と言うほどの動きには見えない。

「まるで……見えない素早く動く何かが存在しているかのような……」

「なるほど？」

「そう、まるで不可視のツバメを斬り落とそうとしているかのような剣の動き……」

剣術教師と異なり、侍女は剣の素人なのでわからなかった。

あとで、教師がルリアお嬢様の剣術を褒めていたと奥方様に教えておこうと侍女は思った。

「私より、ずっと才能があります」

「またまたご冗談を」

剣の素人である侍女も、剣術教師が天才と名高い国一番の剣士であることは知っている。

だからこそ、第二王子の嫡子であるギルベルトの剣術教師に選ばれたのだから。

「冗談ではありませんよ。本当に天才です」

「ありがとうございます。それを聞けば旦那様も奥方様もお喜びになるでしょう」

きっとお世辞だろう。

そう考えながら、侍女は剣術教師にお礼を言ったのだった。

◇◇◇◇

精霊たちとの剣の訓練を終えた後、

『おもしろかったー』『またやってー』『きゃっきゃ』

精霊たちは遊んでもらったと思って、はしゃいでいる。

精霊たちに喜んで貰えたことは、よかったのだが、

「さいごまで、……きれなかった」

それは心残りだ。

『きゃっきゃ』

『そりゃあ精霊は動きが速いから、斬れないのだ。五歳児には無理なのだ』

「そんなことない。五歳児でもきれるはず」

明日こそは斬ってやろう。そう強く思う。

「おなかが……すいた」

動いたらお腹が空く。

「おやつ、もらいにいこ」

「わふ！」「きゅっきゅう」「こぅここ」

まだあたしが幼い頃。

前世の癖で、お腹が空いたときに、その辺りにあるものを食べようとしたことがあった。

だが、母が「お腹を壊すからやめなさい」というので、やめたのだ。

実際、前世はよくお腹を壊していたので、母の言うとおりだ。

「おなかがすいたら、おやつ～」

母からは「お腹が空いたら、おやつをあげますからね？　本当におねがい」と言われている。

だから、おやつを貰うために食堂に向かってダーウやキャロ、コルコと一緒に歩いていると、

「まあ、ルリアお嬢様、そんなに汗びっしょりになって。お風呂に入りましょうね」

侍女の一人に捕まった。

同時に近くにいたクロと精霊たちがさっと隠れる。

あたしが人前で思わず精霊と話してしまうことを防止しようとしてくれているのだ。

見えないものと話している子供は気持ち悪がられるからである。

「ルリア、おなかがすいたから、食堂にいく」

「そうですね。じゃあ、あとでちゃんとおやつを食べましょうね」

「あとかー。おやつさきにする？」

「だめです。お風呂が先で、おやつがあとです。風邪を引きます」

おやつを先に食べる提案を却下して、侍女はあたしたちを部屋に連れて行く。

部屋につくと、侍女は手早くお風呂を用意してくれた。

侍女に体を洗って貰いながら、あたしは最近気になっていたことを尋ねる。

「ふむ～。かみをしんじるか？」

「急にどうなされたんですか？」

侍女は少し驚いたようだった。急に五歳児からそんなことを尋ねられたら驚くのは無理もない。

唯一神への信仰がどのくらい根付いているか知りたかったのだ。

「あたしのなまえをつけたのは教会だしー」

「そうですねぇ」

「みんなどのくらい信じているのかな？」

「うーん、私はあまり意識しませんねぇ。困ったときには神頼みしますけど」

どうやら、侍女は神の熱心な信者ではないらしい。

「れきしをべんきょうしようかなー」

王家と教会の歴史を知れば、もっと色々とわかるかもしれない。

「髪を洗うので目をつぶってください。……旦那様と奥方様にご相談なされるとよろしいですよ」

「そだね！」

「まだ、目を開けたらダメですからね……ルリア様は、勉強熱心でございますね」

「そかなー」

そんな会話をしながら、頭を洗われていると、あたしはマリオンのことを思い出した。

三歳のときに屋敷を去った大切な乳母だ。

そのマリオンには、よくこうやって体を洗ってもらった。

「……マリオン、げんきかな？」

「っ」

なぜか侍女が息を呑んだ。

「どした？」

「いえ、何でもありませんよ。もう目を開けて大丈夫ですよ」

目を開けると、侍女は優しい笑顔を浮かべていた。

「ルリア様。手を上げてください。はい、そうです」

「……マリオンがどうしているか、しらない？」

四歳ぐらいまで、たまに遊びに来てくれたし、よく手紙が来ていた。

あたしも拙い字でお返事を書いた。

だが、ここ半年ぐらい遊びに来てくれていないし、ここ三か月は手紙も来ていない。

こちらから手紙を出しても、返事も来ない。

「……ちょっと私にはわかりかねます」

「そっかー。マリオンも忙しいかもしれないしなー」

「そうですね」

「こんど手紙をだそうかな」

「きっと、お喜びになりますよ」

侍女は笑顔だ。だが少し寂しそうにも見えた。

マリオンについては、あとで父に聞いてみよう。そう思った。

六章　五歳のルリアと乳母マリオン

侍女にお風呂に入れてもらった後、あたしはおやつを沢山食べた。

「……けふ。とーさまのところに行く」

お腹がいっぱいになったことで眠くなったが、我慢する。

あたしは、ダーウの背に乗りキャロとコルコを連れて、父の部屋に向かった。

「とーさま！」

「どうしたんだい？　可愛いルリア」

「るりあ、べんきょしたい」

「もう文字と算数の勉強をしているだろう？」

三歳のときに始めた読み書きと計算の勉強はまだ続けている。

もう読み書きはだいぶできるようになった。

それに、二桁のかけ算と割り算もできるようになった。

「よみかきとさんすうの勉強もつづける。るりあ、れきしも勉強したい」

「……歴史」

一瞬、父は口ごもると、じっとあたしの目を見つめてきた。

「とーさま？」

「いや、なに。歴史か」

「うん、れきし」

「ルリアは、どうして歴史を学びたいんだ？　昔の英雄の話を知りたいのかい？」

「んー。そんなのより、ゆいいつしんの教会と王家のかんけいがきになる」

「…………っ！」

父は目を大きく見開いた。

「どした？　とーさま」

「いや、……なに……どうして、教会と王家の関係を知りたいのかな？　いや、そもそもどうして教会と王家の関係を知りたいのに歴史なのかな？」

「んーっと」

少し考えて、頭を整理する。

父には考えていることを隠す必要はないとあたしは思っている。

もちろん「転生者だ」などとはさすがに言えないけども。

「教会がつよかったら、いろいろやなことがありそう」

「そう……だね」

「そして、教会と王家のかんけいは、れきしをしらないとわからない。とおもう？」

「それは、確かにそうだね」

「だから知りたい。侍女先生にきいたけど、わかんないっていってたし」

そういうと、父はあたしをじっと見た。

「わかった。夕ご飯の後に教えよう」

「え？　とーさまが？」

「そうだ。いやかな？」

「いやじゃないけど……いそがしくない？」

「大丈夫だよ」

「そかー。じゃあ、あとでね！　ありがと、とーさま」

なぜ、父が自ら教えてくれるのかわからないが、教えてくれるのは助かる。


その日の夕食後、父は執事を連れてあたしの部屋に来てくれた。

あたしの部屋といっても寝台のある部屋の隣の勉強部屋である。

父と一緒に来た執事は台車に沢山の本を載せてもってきてくれていた。

「ありがとう、たすかったよ」

「ありがと！」

父がお礼をいったので、あたしも一緒にお礼を言う。

あたしのために重たい本を運んでくれたので、お礼を言うのは当然だ。

あたしが頭を下げると、ダーウとキャロもちょこんと頭を下げた。

一方、コルコは机の横に座って目をつぶっている。眠いのかもしれない。

「いえ、とんでもございません」

執事は深々と頭を下げると、去って行った。

「とーさまもありがと」

「構わないよ。可愛いルリアの頼みだからね」

「でも、とーさまが、おしえてくれるとはおもわなかった」

父はいつも忙しいのだ。

「極めて政治的な話になるからね」

「ふむ？」

「それに、ルリアにも関わりのあることだからね」

「るりあにも……」

どういう意味で父があたしに関わりがあると言ったのか、わからなかった。

「父が言ったことを、他の人に軽々しくいってはいけないよ？　約束できるかい？」

「できる！」

「いい子だ」

父は笑顔であたしの頭を撫でてくれたあと、椅子に座る。

あたしの部屋には立派な机と、大人も座れる椅子があるのだ。

もちろん、あたしが座るのに丁度良い椅子もある。

「何から話せば良いのか……。ルリア。こちらにきなさい」

「ん」

あたしは、椅子ではなく父の膝の上に座った。

「こっこぅ」

そのあたしの足に、コルコが体を寄せてきたので、撫でておく。

「そうだなぁ。まずファルネーゼ朝の始まりから説明しようか。それがもっとも教会と王家の関わりを知るにはいいだろう」

「ありがと、とーさま！」

「うん、どれがいいかな」

父は少し迷ってから本を選び出し、それを開く。

「おお～」

細かい字で沢山書いてある。

その本をダーウは床に座り、キャロは机の上に乗り、コルコは机の端に乗って見つめていた。

まるで、みんなで一緒に本を読んでいるかのようだ。

「難しい本だからね。ルリアはまだ読めないだろうから、説明しよう」

「おねがいする！」「わふ」「きゅきゅ」「ここ」

二百年前に起こった大災害で多くの民が亡くなったこと。

なのに、当時の聖王家は無策だったどころか、更に民から労働力と財を搾りとろうとしたこと。

父は、それらをあまり本を読まずに語っていく。

基本的に歴史の内容は、父の頭の中に入っているのだろう。

本を広げたのは、細かい年代や起きた出来事の順番を間違えないようにするために違いない。

「災害で亡くなった民より、聖王家の悪政で亡くなった民の方が多かったぐらいだ」

「……ひどい」

「ああ、その通り。とてもひどかったんだ」

あたしは話を聞きながら、父が広げた本にも目を通す。

父は難しい本はまだ読めないと思っているようだが、あたしは読めるのだ。

そして、あたしは本の中に気になる単語を見つけた。

「せいじょ？」

「ん？　偉いぞ。読めたのか」

「よめる！　せいじょって？」

「聖王家には、まれに精霊に愛された娘が生まれたんだよ」

どうやら、聖女が生まれる家系の王家だから聖王家と呼ばれていたらしい。

「でもこのせいじょ。悪いことしてる？」

「こんなに難しい本も読めるのかい。ルリアは偉いね」

「えへへ」

父が褒《ほ》めながら大きな手であたしの頭を撫でてくれた。照れてしまう。

「ここに記載されている聖王家最後の聖女なのだが、偽者だと言われている」

「にせもの？」

「教会が消失した神罰の日以降、奇跡を起こせなくなり、大災害のときも何もできなかったんだ」

どうやら、その聖女とはあたしをいじめた王女らしかった。

「最後には石打ち……いや、止めておこう。民に処罰されることになった」

石打ちはとても残酷な刑罰だ。石をぶつけて、ゆっくりと殺す刑罰である。

そんな残酷な話を五歳のあたしにすべきではないと父は配慮してくれたらしい。

だが、あたしは残酷な刑罰については大体知っている。

前世の頃、その聖女本人に教えられたのだ。

もちろん、親切心からではない。

怖がらせ、虐めるために、残虐な刑罰の細かい内容を、幼いあたしに語ったのだ。

あたしが怯える姿を見て笑いながら、いつでもその刑罰を与えることができると脅された。

その日は怖くて、ヤギに抱きついて、ロアに撫でて貰いながら眠ったものだ。

「ん」

あたしは父の腕にぎゅっと抱きついた。

何かを察したコルコが「ここ」と小さく鳴いて体を押しつけてくれる。

「どうした？　ルリア。眠いのか？」

「んーん、だいじょうぶ。ねむくない」

今は怖くない。父が抱っこしてくれているからだ。

それに、コルコが身を寄せてくれるし、ダーウとキャロも見守ってくれている。

「つづききく！」

「そうか、眠くなったら言うんだよ」

父はあたしの頭を撫でてから、説明を再開した。

二百年前について書かれたページを開き、該当箇所を指でなぞりながら、教えてくれる。

あたしが難しい本の字が読めると知ったから、父はわざわざ文字をなぞってくれているのだ。

「苦しむ民をみて憂慮したファルネーゼ朝の初代王が、聖王家を倒し即位したんだ」

「ふぁるねーぜって、とーさまとおなじ？」

父の名はグラーフ・ヴァロア・ファルネーゼなのだ。

「そうだよ。私とルリアのご先祖様だよ。……初代王が最初にしたのは――」

初代王が最初にしたのは、唯一神の教会を国教ではなくし、特権を剝奪したことだった。

唯一神の教会の行なった暴挙が、一連の大災害の原因だと判断したためだ。

「でも、まだきょうかいあるよね？　ルリアの名前も、きょうかいの人がつけたってきいた」

「そうだよ。貴族にも民にも信者が多くて、王といえど潰しきれなかったんだ」

「ふむ～」

「精霊が災害を起こしたと信じた人たちにとって、唯一神の教会の教義は都合が良かったんだ」

精霊は人に管理されるべき。それが唯一神の教会の基本的な教義だったと記憶している。

自然そのものである精霊を管理するなど人の手には余るというのに。

「ここからはあまり外で話したら駄目なことなんだけどね」

「うむ？」

「王家と唯一神の教会は、表面的には仲が良いが、実際は仲が良くない」

どうやら政治的な敵ということらしい。

唯一神の教会は権限を強くしようと画策するし、王家は当然それを抑えようとする。

「王族に対する命名の儀も、二代前の王のときに押し切られたんだ」

「ふえ～。どうして、おしきられちゃったの？」

「外戚ってわかるかな？」

「えっと、おくがた様のお父さん？」

「そう、よく知っているね。王妃の父とか祖父とか兄とか。とにかく妃の出身一族だね」

二代前の王は外戚の力を借りて、ライバルである兄弟に勝利し即位した。

即位後、外戚を通じて唯一神の教会は勢力を伸ばしたらしい。

「王も即位の際に後ろ盾になってくれた貴族を無視できないからね」

「ふむー」

「教会の真の目的は戴冠式の際、王に王冠を被せる権利を手に入れることなんだ」

国教だった時代、つまり聖王家の戴冠式では、教皇が新王に王冠を被せる権利を持っていた。

その権利の回復は、教会の悲願である。

それがなれば、形式上、王に権威を与える存在が教会ということになる。

形式がなれば、時間が経てば実もなる。

最終的に、教会が認めなければ即位できないという状況になるだろう。

「きんちょー状態なのかー」

「ん。ルリアは難しい言葉を知っているね。そう。緊張状態にある。王家も教会を無視できないし、教会も王家を無視して好き勝手できるほど強くはない」

「なるほど、なるほど」

「ルリアはまだ子供だから難しいことは考えなくていいよ。さて、歴史の続きを勉強しようか」

「あ、ルイサについてききたい！」

「……厄災の悪女ルイサか。どこでそれを？」

「え、えっと、ええっと」

困った。

使用人たちも兄姉も父母も、ルイサに触れることはなかったのだ。

きっと、あたしに伝えるなと父がみんなに言ったのだろう。

あたしが知っているのは前世で本人だったからだ。

転生してからルイサの名を人の口から聞いたのは、命名の儀で大司教から、のみである。

とはいえ、前世のことや、命名の儀の際の記憶があると言うわけにはいかない。

「ええっと……」

「きゅる」

小さく鳴いたキャロは、小さな手で、父の開いた本を指さしていた。

そこには「ルイサ」の文字があった。

父の開いた本は歴史の本である。ルイサの名前が載っていても何も不思議はない。

「これ！　ここにかいてる！」

「本当に沢山の字が読めるんだね。ルリアは勉強を頑張っているんだね。えらいね」

「えへへ」

キャロのおかげで助かった。

あたしはお礼を込めて、キャロの頭を撫でた。

「それで、とーさま。ルイサって何したひと？　どういうふうにつたわってるの？」

「そうだね……。説明しないといけないかもしれないね」

少し考えた後、父は厄災の悪女ルイサについて説明を始めてくれた。

「ルイサというのは、聖王家の最後から二番目の王の娘なんだ」

それは知っている。

「最後から二番目の王は、弟である最後の王に暗殺されるのだが、その際に五歳だったルイサも殺されたと記録されている」

「むむ？　だったらどうして悪女になったの？」

「それがね。暗殺の十年後、唯一神の教会の総本山が消失した事件があったんだ。二百年前の大災害の一番最初の事件だ」

総本山の消失は記憶にある。精霊を助けるためにあたしがやったことだ。

クロによれば、ちゃんと精霊は逃げられたとのことなので、後悔はない。

「そして大災害がはじまったあと、聖王家と唯一神の教会の者たちが、ルイサが大災害を引き起こしたと言い始めた」

「ふえ。しんでるのに？」

あたしは総本山の消失の際に死んだのだ。

「そう、死んでいるのに。だから、まともな歴史家はルイサが大災害を引き起こしたなんて信じていないよ」

「そうだったかー」

「でも、信じている人はいる。それにルイサが先王の暗殺から十年ほど監禁されて生かされていたという記録もある。信頼性は学者の間でも議論のわかれるところだけど」

それは事実だ。あたしは生かされていたし、監禁というか家畜小屋で暮らしていた。

「なるほど？　どんなきろくなの？」

「侍女や兵士、それに家畜担当者が残した記録なんだ。名無しの家畜扱いされる子供がいたと」

「ほむう。かわいそう」

我ながら可哀想だと思う。

「そうだね、可哀想だ。哀れな子供がいたのは間違いないが、それがルイサかどうかはわからない」

「ふむー」

「私は、ルイサは厄災の悪女なんかじゃないって思っているよ」

「うん」

あたしが父の右腕をぎゅっと抱きしめると、父は左手で頭を撫でてくれた。

「それでルリア。大切なことなのだけど」

「うん」

「ルイサは、王族で赤い髪と赤い目をしていたんだ」

「あたしとおなじ？」

「そう。だから嫌なことを言う人がいるかもしれない。だが、けして気にしてはいけないよ？」

「わかった」

「もし嫌なことを言われたら、どんな些細なことでも、私にいいなさい」

「うん。わかった」

でも、ちょっと悪口を言われた程度で父に言いつけるのはどうかと思う。

大事《おおごと》になったら可哀想な気もするのだ。

そんなことを思っていたら、父が念押しするように言う。

「ルリア。告げ口したら悪口を言った子が可哀想とか、大事にしたくないとか思わなくていい」

「そかな？」

「そうだよ。その配慮は大人である父と母がする。ルリアはどんな些細なことでもいいなさい。父も母も些細なことで大事にはしないからね。安心しなさい」

「わかった！」

政治的なあれこれは、あたしにはよくわからない。

だから、難しいことは全部父に丸投げしようと心に決めた。


父は王家と唯一神の教会の現状と歴史、そしてルイサの歴史を教えてくれた。

あともう一つ聞かないといけないことがある。

「あの、とうさま。大災厄のさいしょのぐこうってなんなの？」

知っているがあえて聞いた。

愚行とは精霊を殺して精霊石を取り出そうとしたことだ。

現代にどのように伝わっているかで、その技術が継承されているか調べたかったのだ。

「現在でも謎だよ」

謎とされているならば、技術は失われているのかもしれない。

だが、父は唯一神の教会内部の人間ではないので、完全には安心できない。

「……そのぐこうを、きょうかいはまたやらかさない？」

「可能性はあるが、恐らく大丈夫だ」

父は優しくあたしの頭を撫でてくれた。

「そなの？」

「ああ、父はこう見えても教会内部に伝手《つて》があるからね」

「そっかー」

「もし、そのような愚行を実行しようとしていることに気づいたら父が止めるよ」

「あんしんだね！」

ならば、ひとまずは安心だ。

あとで、クロにも唯一神の教会が良くないことをしていないか聞いておこう。

「ルリア。他に何か知りたいことはあるかな？　なんでもいいいよ」

「ある！」

「なにかな？」

「マリオンは元気？」

「……………」

父が無言になった。嫌な予感がする。

「とーさま、どした？」

「いやなに……」

「マリオンに、よくないことがおきたか？」

少し考えた後、父は冷静な口調で言う。

「マリオンは病気なんだ」

「びょうき？　おもいの？」

父の膝のうえで抱っこされていたあたしは振り返って、父の顔を見る。

すると、父はにこりと笑った。

まるで、あたしを心配させないようにと気を遣っているかのようだ。

「……あまり軽くはない。だが、ルリアは心配しなくていいんだよ」

父の表情を見ている限り、安心なんてできるはずがなかった。

父はあたしを心配させないように、ごまかしている。

「なんてことだ。おみまいに――」

「ダメだ！」

思いのほか父の口調は強かった。

「どして？　だめなの？」

「流行病ってわかるかな？」

「……うつるのか？」

「ああ。だからお見舞いにはいけないんだ」

「しょうじょうは？　しょうじょうはどんなの？」

「父はお医者さまではないからね。詳しくはわからないんだ。ただ高い熱がでるようだよ」

「ねつかー。つらいな？」

「ああ、辛いだろうね」

「むむう」

あたしは父の目をじっと見つめる。

「おいしゃさまは？」

「もちろん手配したさ。だが、お医者様も苦労しているようだ」

「なおる？」

「……ああ、治るとも」

力強く父は言う。

だが、口調とは裏腹に目に憂いがあった。

「うーむ」

「お見舞いには行くことはできないけど、お手紙を書きなさい」

「わかった。るりあ、おてがみかく」

凄く心配だ。

その日はあたしが眠るまで、父が手を握っていてくれた。


次の日の朝。

あたしは目を覚ますと、いつものようにヘッドボードに直立しているキャロを掴む。

「おはよ。いつもありがと」

「きゅ〜」

「でも、きゃろもねるといい」

キャロを抱っこして、布団の中に入れる。

そうしながら、足でダーウの位置を探る。

最近、ダーウは足元の方にいることが多い。

「ダーウおった」

あたしは足でダーウのモフモフを撫でる。

冬は横で抱き枕のようになってくれるが、春になって少し移動したのだ。

春とは言え、足が冷えることもあるので、凄く助かる。

「コルコは……」

「……こ」

寝台の外からコルコの声が聞こえる。

コルコは早起きなのだ。

あたしが起きるよりも前に、起き出して部屋の中を巡回してくれている。

「おいで、コルコ」

「こぅ」

コルコはぴょんと寝台に飛び乗って、布団の中に潜り込んできてくれた。

温かい。

「……夏はあつそうだな？」

布団を使わなければ、ダーウとキャロとコルコと一緒に寝ても暑くないだろうか。

そんなことを考えていると、足元からダーウがやってきた。

「わふ」

「うん。ダーウもおはよ」

ダーウは鼻をピーピー鳴らして甘えてきた。

もっとダーウが小さな頃。

ダーウは乳母のマリオンにもそうやって甘えていたのだ。

「ダーウ、マリオンがしんぱいだねぇ」

「わふぅ」

ダーウを撫でながら、あたしは乳母のことを考える。

昨日、王家のことや唯一神の教会のことを父から聞いた。

だが、今はそんなことより、乳母の方が心配だ。

「きゅーん」

ダーウも心配なのだろう。

ダーウもあたしと一緒で、本当に小さい頃から乳母にはお世話になったのだから。

部屋の中には、あたしとダーウ、キャロとコルコしかいない。

それでも念のために布団の中に潜ると、小声でダーウの耳元で呟くように言う。

「……じつは、ルリア、びょうきなおせるかもしれない」

「わふ？」

「……ルリアには前世の記憶があるのだ」

「わふぅ!?」

ダーウは驚いたように、少し大きな声で吠えた。

「しーっ」

「……ぁぅ」

ダーウは小声になる。

ダーウは前世があると聞いて驚いている。だが、キャロとコルコは驚いていない。

布団の中なので暗くて見えないが、気配でわかる。

「キャロとコルコは知ってたな？」

「きゅ」「こ」

そもそも、クロに出会ったときにルイサの話をした。

それをダーウも聞いているはずなのだ。

「……ダーウだけ、ねてたかー」

「わぅ？」

あのときダーウは起きていたが、寝ぼけていたのかもしれない。

ダーウは、キャロやコルコより体は大きいが、まだ赤ちゃんなので、仕方がない。

「まあ、それはそれとして」

「わぅ」

「前世では……たくさんのひとの病気をなおした」

「わぁぅ」「きゅきゅ」「こぅ」

ダーウたちが凄いと言ってくれている。

ルイサは隷属の首輪によって、強制的に従わされて奇跡を行使した。

その中には大流行していた疫病の治療も含まれた。

必死だったので、正確な数は覚えていないが一日当たり数百人の患者を治した。

それを二十日繰り返したのだ。

最後の方はあたしも死にかけた。

魔力と体力を使い果たし、体が弱ったせいで、患者から疫病をうつされてしまった。

「あれは……たいへんだった」

高熱をだし全身に腫れ物ができたあたしは、家畜小屋ではなくボロ小屋に一人放り込まれたのだ。

ヤギ、つまり価値のある家畜に病をうつしたら困るという聖女たる王女の判断だった。

「わふー」

前世を思い出すあたしを、心配そうにダーウが舐めてくれる。

「だいじょうぶだよ。前世のルリアはじぶんをなおしたんだ」

誰かを治すよりも、自分を治すのは難しかった。

体力も魔力も枯渇していたし、食事もほとんど与えて貰えなかったのだ。

聖女たる王女はきっとあたしが死ぬのを望んでいたのだろう。

「きゅー」

「ん？　どうやったのって？」

「こっこ」

キャロとコルコが、どうやって治したのか尋ねてくれている気がした。

「ロアに力をかりて……病気のげんいんを探って……すこしずつ」

「わふー」

ダーウにベロベロと舐められる。

がんばったと褒めてくれている気がした。

「だから、げんいんを探るのもとくい。むふー。治すのはもっととくい」

魔力と体力がほとんど枯渇していたので、全身を対象に治癒魔法を使えなかったのだ。

だから、病巣を見つけ、原因を探り、もっとも効果的な場所に治癒魔法をかけた。

「魔法はだめっていわれているけど、魔力がないじょうたいでも治せたのだし……」

幼くて魔力が足りない現状でもきっと治せる。

病状はわからないけど、時間をかければ、きっと大丈夫だ。

前世では様々な症状の、沢山の病人を治したのだから。

「わふぅ……」

ダーウが背が伸びなくなると心配してくれている気がした。

「せがのびなくなることより、マリオンのほうがしんぱい。ダーウもそうおもうな？」

「わう」

マリオンは心配だが、あたしのことも心配だと、ダーウは言っている。

「だいじょうぶ」

そういって、あたしはダーウの頭をたっぷりと撫でた。

マリオンを治すのは決定だ。

「もんだいは……マリオンにあえないことだなー」

「こっこ」

「うむ。そう。うつるのが厄介なのだな」

うつる病気でなければ、父も会わせてくれただろう。

「きゅきゅ？」

「そだなー。せっとくしてもむだだなー」

あたしがいくら説得しても、父はマリオンに会う許可を出してくれないだろう。

「むむー」

布団の中で、ダーウ、キャロ、コルコと相談していると、

『どこにいるか、調べたらいいのだ』

寝台の下からにょきっと生えるようにクロが現われた。

「精霊はべんりだなー」

物理的な存在ではないので、布団も寝台も関係ないのだ。

そのうえクロは輝いているので布団の中が明るくなった。

「わふう」

そんなクロを見て、嬉しかったのだろう。

ダーウがはしゃいで、パクッとクロを咥えた。

クロは美味しいのかも知れなかった。

『や、やめるのだ、ダーウ、よだれまみれになるのだ！』

「……」

ダーウの口の周囲がぼんやり光っている。

「ダーウ、ぺっして。ぺっ」

「……んべ」

名残惜しそうに、ダーウはクロを口から離す。

びちゃっとダーウのよだれまみれのクロが落ちた。

「どういうげんり？」

物理的なダーウのよだれが、なぜ物理的な存在ではないクロにくっつくのか。

謎すぎて、理解できない。

「それに、あかるいのも、どういうげんり？」

『物理的な光じゃないから、他の人には暗いままで、見えないのだ』

クロは体に付いたよだれをダーウの毛皮で拭っている。

「ほえー。すごい」

本当に便利だ。一家に一台クロが欲しい。

いや、精霊を見られないと、そもそもクロの光も見られないから意味がないのか。

そんなことを考えていると、クロが後ろ足で立ち上がって胸を張る。

「たてたのか。あ、とべるからたてるか」

飛べるということは、足を使わなくても姿勢を維持できるということ。

二足で立てて当然なのかもしれない。

『そんなことより、話は聞いたのだ！』

「きいてたかー。どうしたらいいかな？」

『クロの友達に頼んでマリオンのことを調べるのだ』

「え？」「わふ？」「きゅ？」「こ？」

あたしを含めて、クロ以外のみんなが驚いた。

「ともだちおったか？」

『僕を何だと思っているのだ？』

「だって、精霊はひとの顔をみわけるのにがてだからなー」

精霊は人ではないので、人を見分けるのは当然苦手なのだ。

人だって一緒に暮らしていないヤギの顔を見分けるのは難しい。それと同じである。

そして、クロには精霊以外の友達がいるように思えない。

『だいじょぶー』『とくぃー』『るりあーさまー』

精霊たちがいつの間にか布団の中に集まってきていた。

ぽわぽわ光っている精霊たちの光で、布団の中はまるで昼間のように明るい。

「どうかんがえても、だいじょうぶじゃない」

『えー』『そなことないー』『なでてー』

あたしはぽわぽわした精霊たちを撫でる。

「伝えても、マリオンをしらない精霊が、マリオンをくべつできるわけない」

年齢と性別、身長などを伝えても、マリオンを知らない精霊がマリオンを特定するのは不可能だ。

「それに、このこたちがマリオンの家をみつけられるとはおもえないし」

昔からあたしたちと過ごしていた精霊ならば、マリオンのことを見分けられるだろう。

だが、今度は逆にマリオンの家を見つけられず、迷子になるのがオチである。

『できるー』『とくぃー』『きゃっきゃ』

精霊たちはそういうが、クロ以外の精霊は、まるでダーウのように幼い子供なのだ。

迷子になったあげく、最悪戻って来られなくなる可能性も高い。

そうなったら、幼い精霊は心細くて泣いてしまうだろう。可哀想だ。

『安心するのだ。精霊じゃないのだ』

「え？」「わふ？」「きゅる？」「こぅこ」

『えー』『うそだー』『だっこしてー』

クロに精霊以外の友達がいるとは誰も思っていなかった。

あたしは仰向けになって、ほわほわした精霊をお腹の上で抱っこする。

キャロとコッコも、精霊に寄り添うように体を寄せてくれた。温かい。

『きゃっきゃ』

精霊が楽しそうなので良かった。

「クロの精霊いがいのともだちって、だれなの？」

『守護獣なのだ』

「わふう？」

なんだそれはと、ダーウが聞いている。

『ダーウ……そなた……』

「わふ？」

クロが呆れた様子でダーウを見ている。

「あたしもしらない。しゅごじゅうってなんなのだ？」

「わふわふ」

一緒だねと、嬉しそうにダーウが顔を舐めてくる。

『しかたないのだ。守護獣の説明からするのだ』

「たのむのだ」「わふ」

しっかりもののキャロとコルコは守護獣について既に知っているようだ。

そんな気配が漂っている。

『守護獣は精霊を呪者から守る存在なのだ』

「ほうほう？　じゅしゃ？」

『呪者という精霊を食べる悪い奴がいるのだ！　その呪者を倒してくれるのが守護獣なのだ！』

「こわい！」「わう……」

ダーウもあたしと一緒に怖がっている。

『ダーウ、そなたも守護獣なのだぞ？　怖がってどうするのだ』

「わふ？」

『知らぬとは……呆れた守護獣なのだ』

「……わふぅ」

しょんぼりしたダーウの頭を撫でる。

「ダーウはしらなくてもしかたない。あかちゃんなのだから！」

「わふわふ！」

ダーウは「ぼくは赤ちゃんじゃないよ」と言っている。

だが、赤ちゃんほど、自分のことをそう言うものである。

「ダーウは、あかちゃんだけど、あたしを守ってくれているからえらい」

「わふわふ」

ダーウは嬉しそうに尻尾を揺らす。おかげで布団がバフバフ動いた。

「わふわふ」

ダーウは「呪者がきたら守るよ！」と言ってくれている気がした。

「ダーウ。まもるのはクロだよ。ルリアは精霊じゃないから、だいじょうぶ」

『呪者は人も襲うのだ』

「えぇっ……!?　ほんとに？」

『襲うのだ』

「こ、こわい」

「ばう！」

改めてダーウが呪者は任せろと言ってくれた。心強い。

「あっ！　わすれてた！」

『なにをなのだ？』

「きのう、じゅりょく？　ってのについて、あとではなすって、クロがいってた！」

木剣で精霊を叩くことを躊躇《ためら》うあたしに、呪力でなければ精霊は傷つかないとクロは言った。

そして、呪力については長くなるからあとで説明するとも言ったのだ。

『呪力の説明もしないといけないのだ』

そういって、クロは呪力について説明してくれる。

精霊が精霊力を持つように、精霊の天敵である呪者は呪力を持つ。

ちなみに精霊力は魔力とほぼ同義だ。人に渡された精霊力が魔力と呼ばれるのだという。

そして、呪力は精霊を傷つけることができるし、それを使って呪うこともできる。

前世の唯一神の教会の暴挙、精霊殺し未遂は、呪力を使って行なわれた。

「じゅりょくでつかまえたのか。こわい」

『でもさほど恐れなくていいのだ！　ルリア様なら、呪者にも勝てるのだ』

「なぜ？」

『半分精霊だからなのだ』

「どういうことなのだ？」

本当にどういうことなのだろう？　半分精霊など、意味がわからない。

『うーん、説明が難しいし、クロもよくわかんないけど、そういうものなのだ』

「そういうものなのかー」

『そうなのだ。実際、ルリア様は生まれてすぐかあさまにかけられた呪いを解いたのだ』

「ええ？　かあさまの？　……むう……あ、あれか？」

『あれ？』

「あれは……うまれてすぐのこと……かあさまに黒いもやがみえた」

黒い靄はいつのまにか消えていたので、深く考えてはいなかった。

『あ、やっぱり見えていたのだ？　というか、生まれてすぐなのに覚えているのだ？』

「おぼえてる。たぶん、ぜんせがあるからじゃないかの？」

『そっかー。そういうものなのだなぁー』

「でも、ルリアはなにもしてない」

『いや、クロはしっかり見てたのだ。ルリア様が解いたのだ』

「むむう」

身に覚えのないことだが、クロがそういうのでそうなのかもしれない。

「あの黒いもやみたいなのをみたら、呪いをとけばいいの？」

『そうなのだ』

解き方はわからないが、赤子のときでもできたなら、今もきっとできるだろう。

『それで本題なのだ』

「ほんだい？」「わふ？」

あたしとダーウが首をかしげる。

『クロの友達の守護獣にマリオンを捜してもらうっていう話なのだ』

「あ、そうだった」

クロに精霊以外の友達がいるという事実に驚いて、いや呪者の話が恐ろしすぎて忘れていた。

『守護獣に頼んで、マリオンを捜してもらって、病状を報告してもらうのだ！』

「でも、しゅごじゅうって……」

あたしはダーウを見る。

「わふ？」

ダーウが可愛く首をかしげている。

守護獣がダーウみたいな存在ならば、マリオンを見つけられるのか心配だ。

見つけても、病状とかわからないのではないだろうか？

ダーウは犬だが、屋敷を出て、しばらく歩けば迷子になりそうな気がする。

仮に犬の才能を発揮して、見つけることができたとしても、病状を観察するのは多分無理だ。

『安心するのだ。ルリア様。守護獣は賢いのだ』

「ふむー」

『キャロや、コルコも守護獣なのだ』

「そうだったのか！」

「きゅきゅ」「こぅ」

キャロとコルコは、ダーウよりしっかりしている。

守護獣といっても、ダーウみたいな赤ちゃんばかりではないようだ。

『それに、頼む守護獣は中庭にいる鳥たちなのだ』

「ええ！　あの子たちも守護獣だったか」

『そうなのだ。あの子たちならマリオンの顔も知っているし、頭も良いし適任なのだ』

それならば安心である。

それにしても、思っていたよりも守護獣というのは沢山いるようだ。心強いことだ。

クロたちと会議をしていると、突然母に布団をめくられた。

「あらあら、ルリア。布団に潜って何をしているの？」

「むふー。かいぎ！」

「暑いでしょう、顔が真っ赤よ？」

「あつくない！」

そう答えたが、ダーウとコルコとキャロと固まって布団に潜っていたので、暑かった。

「会議で何を話したの？」

「ないしょ！」

「あらあら」

母と一緒に朝ご飯を食べたあと、あたしはクロとダーウたちと一緒に中庭に移動した。

集まってきてくれた鳥たちに頭を下げる。

『みな、マリオンを捜して欲しいのだ』

「たのむのだ」

「ほっほう」

『マリオンは西部にある――』

クロはある程度、情報を集めてきていたらしい。

クロが説明を終えると、大半の鳥は飛び立った。

残ったのは体が大きめの鷹一羽だけだった。

『そなたが、守りを固めてくれていると、クロも安心なのだ』

「きゅるるる〜」


それからの日々。あたしは午前中は図書室で医学書を読んだ。

とても難しくて、半分も理解できなかったが、

『その病気は魔力が欠乏するとなるのだ！』

「ほえー」

意外にも博識なクロに教えて貰いながら勉強した。

午後は剣術の訓練だ。

体力がなければ、治癒魔法を使うのも難しくなるからだ。

あたしはまだ幼い。体ができあがってないから、上手く魔力を使えるとは思えない。

それに前世と違って今のあたしは聖女という存在ではない。

前世のように精霊から無尽蔵の魔力を借りても、自由に使うことはできないだろう。

だから、前世で体力と魔力が尽きたときに、自分を癒やした方法を使うしかない。

「魔力が……たりない……」

『そんなことないと思うけど……』

「いざというとき、クロも頼むな？」

今のあたしでも、クロに力を貸して貰えれば、少し強めの治癒魔法を使えるかもしれない。

『もちろん力は貸すけど……意味があるのだ？』

「ないかもしれない。でも、おねがいな？」

『わかったのだ』

クロが力を貸しても「意味がない」と思う気持ちはわかる。

精霊から魔力を受け取るのにも、受け取った魔力を自分に取り込むのにも、取り込んだ魔力を使って魔法を発動するのにも、それぞれ別の技術と才能と、その魔力を操るための身体能力が必要なのだから。

「てきした体と才能はないかもだけど、技術はある！」

技術は前世で培ったものがあるから大丈夫。

魔力を操るための身体能力は、剣術の練習を通じて体力をつけて、少しでもましになればよい。

もちろん身体能力の向上は一朝一夕ではいかない。

魔術回路の構築には時間がかかるし、それを補うための筋力や心肺機能も簡単には向上しない。

いまさら練習したところで、付け焼き刃にすぎず、ほとんど意味がない。

それでも、やらないよりはましなのだ。

「ふんぬ！　ふんぬ！」「わふ！　わふ！」

一生懸命、剣術を練習するあたしとダーウを見て、

「最近のルリアお嬢様は、気合いが違いますね」

と侍女達が言っていた。

夕食後、家族が集まったときには、マリオンについて話題に出すのを忘れない。

あたしは戦略家なのだから。

「マリオンがしんぱいだなー」

「そうね……少しご病気が長引いているようね」

母も心配そうだ。父と兄姉たちも、少し悲しそうな表情を浮かべている。

「かあさまは、むかしからマリオンをしってるの？」

まずは自然な情報収集からだ。

「そうよ。マリオンは私の実家の分家筋の男爵家の娘なの」

なんと、男爵家のご令嬢だったらしい。

母の実家である侯爵家は歴史があるので、分家に当たる貴族家もたくさんあるらしい。

「マリオンのだんなさんはどんなひと？」

これも聞いておかなければならないことである。

「亡くなった私の父上、つまりルリアのおじいさまに、仕えていた騎士の息子よ」

「きしけとだんしゃくけかー」

「お父様がマリオンの夫の父親を高く評価していて……ってルリアには難しいわね」

つまり死んだお祖父様、先代侯爵が主導した婚姻ということなのだろう。

詳しく聞いてみると、マリオンは男爵の一人娘だったようだ。

この国では一般的に女は爵位を継げないので、入り婿の旦那さんが爵位を継いだようだ。

「……マリオンはその男爵領におるの？」

「ちがうわ。王都にある男爵家の屋敷にいるの」

領地持ちの貴族は、自分の領地と王都の両方に屋敷を持っているものだ。

あたしが今いるこの屋敷も、大公家の王都屋敷だ。

つまり、マリオンは、ここからそう遠くない場所にいるということ。

もっとも欲しかった情報が、手に入った。

姿は見えないが、きっとクロも聞いているはずだ。

クロが聞いていたら、守護獣の鳥たちにも伝わるはずである。

「……ふむ。マリオンは王都にいるのだなぁ」

クロにもしっかり聞こえるように、わざと大きめの声をだして伝えておく。

「……ルリア。まさか一人でマリオンに会おうとしているのではないでしょうね？」

「そ、そんなことしない！」

「そうよね、ルリアはそんなことしないわね。約束できるかしら」

「で、できる」

これ以上、約束させられないように、話題を変える。

「そんなことより、ルリアはめのとごに会いたい！」

「乳母子？　そうね、でも……」

「マリオンが病気で、さみしがっているにちがいない。ダーウを撫でたら元気になる」

「わふ？　……わふ！」

ダーウが張り切って尻尾を振った。

「うーん」

母は少し迷っている。もう少し押さねばなるまい。

「めのとごは、病気ではない？」

「病気ではないわね」

「だったら、病気がうつったりもしない？」

「それはそうなのだけど……」

「とーさま！　ルリア、めのとごにあいたい！」

あたしは父も説得しなければならないのだ。

「ルリア」

父に抱き上げられる。

「屋敷の外は危険なんだ」

「むむー、あかい髪をかくす？」

「そうだね。その方が良いね。アマーリア。難しいだろうか？」

「うーん、でも……」

「ルリアももう五歳。このまま屋敷の中だけで暮らすというわけにはいかない。どちらにしろ、少しずつ外の世界にならさねばならないだろう？」

「それは、そうね……少し準備が必要だけど」

「やったー」

思ったよりもあっさり乳母子に会えることになった。


鳥の守護獣たちにマリオンの調査を依頼した三日後。

あたしは中庭の隅っこで、守護獣たちから報告を受けていた。

「ほっほう！」

『ふむふむ。マリオンは、離れ家で一人で寝ているのだな？』

「ほう！」

『ルリア様、そうらしいのだ！』

あたしは動物の言葉がわからないので、クロに通訳してもらう。

クロが尋ねると、鳥守護獣たちのリーダーであるフクロウが代表して答えてくれるのだ。

クロと話しているところを見られないようにダーウ、キャロ、コルコに見張りを頼んである。

とはいえ、あたしは油断はせずに、周囲をキョロキョロしながら、フクロウに尋ねた。

「……マリオンは、ちゃんと、看病してもらってた？」

「ほっほほう」

『してもらってないのだ。ご飯が三食、扉の外に置かれるだけなのだ』

鳥たちはとても優秀で、広い王都の中から、マリオンの居場所をしっかりと見つけてくれた。

それだけでなく、しっかりと観察もしてくれた。

「……看病してもらってないのは、うつるからか？」

「……ほう」

『そうかもしれないのだ』

マリオンが可哀想だ。

病気のときに放置されるのは凄く寂しくて心細くて辛いことだ。

前世、病気になったときを思い出すと同時に、マリオンの状況を想像して涙が出た。

「うつるから、しかたないのかな……」

あたしはこぼれた涙を袖で拭った。辛いのはあたしではなくマリオンだ。

泣いている場合ではない。

「マリオンはご飯たべれてた？」

「ほう」

『ほとんど食べれてないのだ。すごく痩せちゃったのだ』

食べないと治るものも治らない。

もう、あまり時間の余裕はないのかもしれない。

「しょうじょうは？　熱とかあたまいたいとか」

「ほっほう、ほほほ、ほう〜」

『高熱と頭痛。それに発疹が主症状なのだ』

「それって……前世でもなおしたあれかな？」

前世で、あたしが何万人も治癒して、自分もかかった病気だ。

伝染力が高くて、致死率が高い。治っても全身にブツブツが残るのだ。

もちろん、あたしの治癒魔法を使えば、ブツブツは残らない。

「たしか……赤痘《せきとう》だったか？」

全身が真っ赤になって、治っても痘痕《あばた》が残ることからそういう名前になったと聞いた。

「赤痘なら、看病してもらえなくても……ふつうかもしれない」

前世のあたしも看病して貰えなかった。

あたしが治した患者たちも隔離されて、看病などほとんどされていなかった。

弱って自分で食事を取れなくなったものから死んでいっていた。

「でも、赤痘なら、あたしはなおせる」

乳母子をお見舞いした後、マリオンのいる離れ家にこっそり忍び込んで治癒魔法を使おう。

赤痘ならば、父も母も絶対にマリオンに会うことを許してくれない。

子供がかかったら、半分ぐらい死ぬ病なのだから。

「おかゆを……つくる？」

『作っても運びようがないのだ』

「そっかー……どうしよ」

『お菓子でも持っていくのだ？』

「うーん。それがいい」

お菓子は甘い。甘い物には栄養がある。

飢えているときに甘い物は本当に身に染みる。

あまり食べられていないマリオンもきっと甘い物を欲しているに違いない。

「みんな、ありがとうな」

「ほっほう」「ぴ〜」「きゅきょ」

鳥たちにお礼を言って、全員を優しく撫でた。

それから今後の情報収集の継続も依頼する。

◇◇◇◇

ルリアが乳母子に会いたいと言った三日後の午後。

「お菓子がおいしい！　もっとたべる！　うまいうまい！」

食堂でおやつを食べるルリアを見て、アマーリアは嫌な予感がした。

ルリアの口調がわざとらしすぎるのだ。

側にいるダーウがまるで悪いことをしているかのように、キョロキョロしているのも怪しい。

「……」

アマーリアが食堂の外からこっそり覗いていると、プレーリードッグのキャロと目が合った。

キャロは小首をかしげて、とぼけている。

ルリアが何かやらかすとき、キャロは誤魔化すのがうまい。

「ルリアお嬢様、お菓子はもっとゆっくりお食べになってくださいね」

「きをつける！」

侍女に注意された後も、コルコと競うように、ルリアはパクパクおやつを食べていた。

ルリアが悪巧みしているとき、コルコは特に誤魔化そうとはしない。

アマーリアはそう判断していた。

失敗しても成功しても、どちらでもルリアにとっては良いことだ。

そうコルコが考えているようにアマーリアには感じられるのだ。

もちろん、ただのにわとりであるコルコが深いことを考えているわけはないのだが。


覗いているアマーリアには気づかず、ルリアはこそこそ周囲を窺いながら自室に戻っていく。

相変わらずダーウはルリアと一緒にキョロキョロしており、何かを隠しているのは明白だった。

アマーリアはそんなルリアをつけていく。

自室に戻ったルリアは、何やら作業を始めた。

「わふ～？」

「ダーウ、食べたらダメ。これは……」

やはり何かしていたらしい。

カマキリの卵事件を思い出したアマーリアは、たまらずに声をかけた。

「……ルリア？」

「はっ！　なんでもない！」

ルリアはハンカチに何かを包んでいた。

それを自分の背に隠す。

「まさか、ルリア。またバッタを食べようとしているのではないわよね？」

「ち、ちがう！」

狼狽《ろうばい》している。ルリアは嘘をつくのが苦手なので、すぐ表情に出る。

「バッタじゃないなら、セミかしら？」

「ち、ちがう！　なにもいない！」

「新しい動物を拾ってきたの？」

「そ、そんなことし、ししてない」

ルリアは慌てすぎだ。

「じゃあ、母に見せて？　見せられるわよね？」

「え、みせない」

やっぱり。これはバッタに類するものを隠し持っているに違いない。

「ルリア。いいから見せなさい」

「……あい」

強く言うと、ルリアは観念したかのようにハンカチを見せてくれた。

ハンカチに包まれていたのは先ほどおやつに出されたクッキーである。

アマーリアは虫じゃなくてホッとした。

「ルリアどうして、お菓子を隠していたの？」

「えっと……それは、そのぅ」

ルリアは言いよどんでいる。

だが、アマーリアにはルリアの思いがわかった。

「母は怒っていませんよ。強い口調で言ってしまってごめんなさいね。虫だと思ったものだから」

「むしかー」

そういって、ルリアは何かいいことを思いついたみたいな表情を浮かべた。

「虫はだめよ？」

「わかってる！」

「……お菓子は乳母子にあげようと思ったの？」

アマーリアはルリアが乳母子にバッタをあげようとしているのかもしれないと思ったのだ。

ルリアは、まるで男の子のように虫を宝物だと思っている傾向がある。

ちなみにルリアの乳母子はサラという名の女の子だ。

「ルリア。乳母子にあげるお菓子ならちゃんと用意するから。それは食べちゃいなさい」

「……わかった。もぐもぐもぐ」

ルリアは早速食べ始めた。

その小さな体のどこに入るのかと不思議に感じるほど、ルリアはたくさん食べる。

リディアが五歳だったころの二倍から三倍ぐらい食べている。

なのに太らない。正直うらやましい。

「お菓子も腐っちゃうの。腐らなくても乾燥して固くなって美味しくなくなってしまうわ」

「かたくなっても、おいしいよ？」

ルリアはきょとんとしている。

飢えたことがないのに、ルリアは食べ物を無駄にすることを嫌がるのだ。

普通の令嬢ならば嫌がる、いや使用人でも嫌厭《けんえん》する冷めたご飯や乾燥して固くなったお菓子でも、
バクバク食べる。

まるで、食品のまずいところではなく、美味しいところを探しているかのようだった。

「そうね。でも、作りたての方が美味しいわ。きっと乳母子にもその方が喜んで貰えるわよ？」

「そっかー。かあさま、おかしはたくさん、よういしてね？」

「わかっているわ」

ルリアは乳母子が飢えているのではないかと、心配しているかのようだった。

乳母子の父親は富裕な男爵だ。飢えていることはない。

「心配しなくても大丈夫よ。優しいルリア」

アマーリアはルリアを優しく抱きしめた。

◇◇◇◇

乳母子に会いたいと父母にお願いしてから五日後、早くも会えることになった。

「いいですか？　ルリア。普通はこれほど早く訪問できないのです」

侍女に外出着に着替えさせられつつあるあたしに、母が諭すように言う。

「そうなの？」

「そうなのです。今回は訪問先が私の実家の分家……つまり親戚だから特別です」

「なるほどー」

「本来はまずお手紙を送って、お相手の家格がこちらより高い場合は――」

母は訪問の際の色々と教えてくれた。勉強になる。

だが、頭には入らなかった。

訪問先で、どうやってマリオンに治癒魔法をかけるかが大事なのだ。

ダーウと協力して、よほど上手く立ち回らねばなるまい。

「ダーウ、きあいをいれよう」

「わふ！」

気合い充分な様子で、ダーウは胸を張っている。

今日のダーウは頼もしい。

「あら？　ダーウはお留守番よ？」

「え？」「わふぅ？」

「当たり前だけれど、いくら親戚でも、お見舞いに行くのにペットは連れて行けないわ」

「…………そ、そうだったか……」「わ……わぅ」

あたしがびっくりしている横でダーウもびっくりしていた。

ダーウが留守番となると、作戦が大きく変わる。

ダーウの機動力を生かした速攻ができない。

「むむう？　でも、乳母子はダーウをみたいはず！」

「サラちゃんね」

「そう、サラちゃん」

乳母子の名はサラというらしい。昨日、母が教えてくれた。

「でもね、ルリア。犬を怖がる子もいるの」

「そ、そんな子がいるのか……」

世の中は広い。こんなに可愛い犬を恐ろしいと思う人間がいたとは。

犬より人の方が余程怖いのに。

「ダーウはただでさえ大きいもの。犬が怖くない子でも怖いかもしれないわ」

「むむう」「わわふぅ」

ダーウがしょんぼりして、体を小さく見せようと縮こまる。

だが、どれだけ縮こまっても、ダーウはでかい。

「サラちゃんが会いたいと言ったら、お屋敷に来てもらいましょう？」

「……やむをえない。しかたないな？」

「わ、わう!?」

あたしが諦めると、ダーウがショックを受けたような顔をする。

「わふ、わふ～わぅ」

諦めずにしっかり交渉しろと、ダーウがあたしの顔をベロベロなめ始めた。

「ダーウ、やめなさい。お出かけ前だというのにお嬢様が犬臭くなります」

「……わ、わぅ」

侍女にたしなめられて、ダーウはしょんぼりした。

「ダーウ……」

あたしは姿勢を低くしたダーウに抱きついて、首に手を回す。

「こっちはまかせろ」

耳元で囁いた。

「わふ！」

「かあさま。ダーウはでかいけど、キャロとコルコなら小さいから大丈夫だ」

「そうね……いや、本当はダメだけど……」

母は悩んでいる。押すならばここである。

「きゅっきゅ」

キャロはあたしの服の中にはいって、襟元から顔だけ出して、体の小ささをアピールしている。

「ここ」

コルコはダーウの背の上で体を小さく丸めている。

大きなダーウとの対比で、小さく見えるという計算だろう。

「かあさま！　サラはさみしがっている！　キャロとコルコがいたら、元気になる！」

「うーん。じゃあ……キャロだけなら特別に良いわ」

「きゅきゅ」「こっ?」

「コルコは少し大きいわ」

「むむう」「こ～」

コルコは並のにわとりより二回りぐらい大きいのだ。仕方がない。

「コルコしかたない」

「こう～」

コルコを慰めるために優しく撫でた。

「キャロは、あたしのポケットに入っておくといい」

「きゅっきゅ」

こうなったら、キャロには探索をお願いしなければならない。

マリオンが隔離されている離れ家に向かう通路を見つけてもらおう。

そんなことを考えている間に準備が終わる。

あたしは綺麗な水色の服を着せられて、赤いフード付きのローブをかぶせられた。

「髪を隠さないといけないから、向こうのおうちに着くまでフードをとってはいけないわ」

「わかった！」

ローブの色が赤いのは、髪色が目立たないようにだろう。

ちらっと目に入っても、ローブの色か髪の色か一瞬ではわかりにくいからだ。

「おやつ！」

「大丈夫よ、サラちゃんにあげるおやつはちゃんと用意してあるわ」

「よかった」

それからあたしは母に手をつないでもらって、屋敷の外に出た。

「はじめてでた！」

「そうね。外はどう？」

「空気のにおいは、中庭とにている！」

「そうね」

母が優しい目であたしを見つめてくれている。

「あっちに、とりごやがあるの？」

「そうよ。でも鳥小屋に入ったら汚れるから、帰ってきてからね」

「ん！」

空を見上げると、たくさんの鳥たちが旋回していた。

あたしのことを見守ってくれているのだ。

「いつもありがと」

お礼を言うと鳥の一羽が「ぴぃぃぃ〜」と鳴いて返事をしてくれた。

守護獣の鳥は耳も良いらしい。

それから、四頭立ての大きな馬車に乗って移動する。

馬車の中には侍女が一人同乗してくれた。

加えて馬車の周囲を、五人の執事見習いの従者が馬に乗って固めてくれている。

今日同行している従者は、全員魔法と武術の達人ばかりである。

心配した父が護衛につけてくれたのだ。

「ふえー」

初めての外の景色である。楽しみすぎて窓にしがみついて外を見た。

キャロはあたしの肩に立ち上がって、キョロキョロと周囲を見張ってくれていた。

「これが、おうとかー。家がぜんぜんない！」

父の屋敷は森に囲まれていた。

いい森だ。安らげる雰囲気がある。なんとなくだが、動物が沢山いそうだ。

この森の中で昼寝したら気持ちが良いだろう。

「お屋敷のある場所は、一般的に王都と呼ばれる範囲からは少し離れているの」

「そうなのかー」

「有力貴族の王都屋敷は郊外、簡単に言うと王都から少し離れた場所に建てられているの」

「ふむー。どして？」

「お屋敷が広いからよ」

「むふー？」

王都の土地が足りないのだろうか。

そう思ったのだが、母が続ける。

「広いということは兵隊をたくさん中に入れられるでしょう？」

「あ、むほんぼうしか？」

「その通り、謀反防止ね。ルリアは難しい言葉をしっているわね」

王のお膝元である王都の中に兵隊を集められないようにしているのだろう。

前世のあたしの父母を殺した王弟は、自分の屋敷に密かに兵を集めていた。

それを教訓にしたのかもしれない。

「王都の中にうちのお屋敷はあるわ。今住んでいるお屋敷よりもずっと小さいのだけど」

「そっかー。どのくらいちいさい？」

「うーん、そうね、十分の一ぐらいかしらね？」

「ちいさい！」

しばらく走ると、遠くにたくさんの建物が見えてきた。

きっと、あれがいわゆる王都と一般的に呼ばれる範囲なのだろう。

だが、馬車は王都の中には向かわない。

「マリオンの家も、王都のそと、こうがいなの？」

「そうね、私の実家の分家だからね」

「へいを……ぶんさんして、王都の中にいれられないため？」

「そう、よくわかったわね。一族郎党の家に分散して兵を留め置かれたら困るもの」

母の実家は有力な侯爵家。分家の貴族家もそれなりの数がある。

たくさんの分家の屋敷に兵を分散させて王都に入れて、一気に集結されたら厄介だ。

それを警戒しているらしい。

「ルリア。一般的に王都と呼ばれるのは、向こうの方ね」

母は遠くに見えるたくさんの建物を指さした。

やはりあれが王都らしい。

「ほえー、家がいっぱい！」

人も沢山いる。栄えているようだ。

どうやら、王都を囲む城壁のようなものはないらしい。

ずっと遠くに高い城壁のようなものが見えた。

「あれが、おうきゅう？」

「そうよ。王都の中心にあって、高い城壁に囲まれているの」

「ほえー」

ちょっとした外からの王都見物を終え、マリオンの家に到着した。


マリオンの家は、小さいが古くて立派なお屋敷だった。

華美な雰囲気は全くなく、質素で作りがしっかりしている。

馬車が到着するのと同時に、鳥たちが二十羽ほど屋敷の屋根に降り立った。

いつも中庭で遊んでくれているフクロウたちだ。心強い。

「キャロ。ポケットの中にかくれているといい」

「きゅっきゅ」

「サラとあそぶときまで、隠れていてな？」

「きゅ～」

キャロは、ダーウよりしっかりしているので安心だ。

あたしがキャロと話しているのを、母はニコニコ微笑んで眺めている。

馬車から降りると、マリオンの夫である男爵自ら迎えに来てくれていた。

御者と従者一人と侍女を馬車に残し、男爵に案内されて屋敷の中へと向かう。

護衛に付いた大公家の従者たち四人は、男爵の屋敷の中までついてきた。

マリオンの治療のために隠密行動をするには、従者たちの目をかいくぐらなければならない。

治療のための最大の障壁と言っていいだろう。

あたしたちは応接室に案内されて、互いに自己紹介をすませた。

自己紹介を終えて、初めてあたしはフードをとって髪を出す。

「……いえ、ルリアお嬢様は本当にお可愛らしい」

男爵はあたしの赤い髪と目に一瞬反応したが、言葉にすることはなかった。

きっと男爵は厄災の悪女の伝説を知っているのだ。

「ありがと。男爵。サラはいないの？」

早速、あたしは男爵に尋ねる。

応接室には男爵の他に数人の使用人がいるだけで、子供はいなかった。

「ルリアはサラに会いたいとずっと言っていたのですよ」

母がそういうと男爵は困ったような表情を浮かべた。

「ですが、サラはまだ幼く礼儀作法なども……」

「お気になさらず。マリオンの子ですもの。身内だと思っているわ」

「もったいなきお言葉。……ですが、……ご存じのことと思いますが、サラは妃殿下にお会いできるような者ではなく……」

「お気になさらずと、私は言ったわ」

母は笑顔だが有無を言わさぬ威圧感があった。

「なんという寛大なるお言葉！」

母の言葉に、男爵は大げさなほど、感激してみせるとサラを呼ぶように執事に言う。

その後、しばらく経って、応接室に綺麗な服を着たサラがやってきた。

サラは小さくて、頭に犬の耳のようなものが生えていた。

スカートの中には窮屈そうな尻尾があった。

サラは犬の獣人なのかもしれない。現世では獣人に初めて会った。

マリオンも男爵も獣人ではないので、祖父か祖母か、その前の先祖に獣人がいるのだろう。

あたしが尻尾と耳を見つめていると、サラはおどおどしてその耳を隠すように手でぎゅっと摑む。

「サラ、自己紹介しなさい」

「サラ……です」

「手はちゃんと体の前に」

「は、はぃ」

サラは耳から手を放して、体の前に持ってくるとうつむいた。

「ルリアという。よろしくな？」

「…………」

サラは困ったような表情を浮かべて、ぺこりと頭を下げた。

「サラ。ちゃんとご挨拶しなさい。申し訳ありません。甘やかしすぎたせいか、まったく礼儀作法などが身についておらず……」

「いえいえ。お気になさらないで。サラ。あなたのお母様のお友達のアマーリアよ」

「…………」

サラはぺこりと頭を下げる。

母は腰をかがめて、サラの手を優しく握る。

「サラ。何か困ったことがあったら、私にいうのよ？　力になれると思うわ」

「……はい」

男爵が母には見えない角度で、サラに向かって手をひらひらとさせた。

それを見たサラは、もう一度深く頭を下げて、部屋を走って出て行ってしまった。

「……本当にお恥ずかしい。母親が病気になり教育が行き届かなく……」

「いえいえ。可愛らしいわ。いい子ね」

「もったいなきお言葉」

恐縮しきった様子の男爵に、母はマリオンの病状などを聞いていく。

男爵も深刻な表情で答えていた。

三分ほど、大人しく話を聞いていたが、鳥の守護獣たちから既に聞いたことばかり。

なんとかして、この場を脱出して、マリオンの治療に向かわねば。

そう思っていると、

「もう、ルリアったら仕方ないわね」

「む？」

突然母に微笑まれて、少し困惑した。

「大人同士の話が退屈なのね。そんなに眠そうにして」

「ねむくない！」

本当に眠くないのに、母は誤解しているらしい。

「幼い子に、大人の話は少し難しかったかもしれないわね」

「子供とはそういうものです」

男爵がにこりと笑う。

「あ、そうだわ。サラと遊んでいらっしゃい。男爵、かまわないでしょう？」

「で、ですが、我が娘は――」

なぜか男爵は戸惑っている。

その戸惑いに母は気づいているはずだろうに、全く気にする様子はない。

いつもあたしたちや使用人の表情を見て配慮してくれる母とは思えない強引さで言葉を続ける。

「ああ、お気になさらないで。そこのあなた。ルリアをサラの部屋に連れて行ってあげて」

「殿下、お待ち――」

「まあ、男爵！　本当にお気になさらないで！」

母の押しが異常に強い。

主家にあたる侯爵家出身かつ大公妃殿下である母に強く言われて、男爵は言葉を返せない。

「ルリアもマナーはまだまだなの。幼い子というものは――」

母は男爵に言葉を継がせず、話し続ける。

男爵は困惑しているが、母の言葉を遮るわけにもいかず、曖昧に微笑むばかりだ。

話している途中で母は一瞬だまって、侍女に微笑む。

「はやく、ルリアをサラのもとに案内してあげてくださる？」

侍女に向けた母の笑顔を見て、思わずあたしは心の中で「怖《こ》っわ」と呟いた。

それほど母の圧はすごかった。

いつもあたしに向ける笑顔とは違う。

（これが……おうぞくのあつ……）

臣下が思わず従ってしまいそうになる力があった。

母は生まれついての王族ではなく、王族に嫁いだ者だ。

それでもこれほどの圧を出せるものなのか。

あたしは尊敬のまなざしで母を見る。

「か、畏《かしこ》まりました」

母の圧に押されて、侍女も男爵の指示を待たずに動き出した。

「殿下、あの――」

「子供とはかわいいものですね。男爵は――」

男爵は何か言おうとしていたが、母は最後まで言わせなかった。

（……これがしゃこう《社交》）

大公妃が外で見せる社交の顔というのを初めて見たかもしれない。

母にはあたしに聞かせたくない話でもあるのだろう。

それは、どうせあたしにはよくわからないし、母が聞かせたくないならば聞かなくてもいい。

それに今、母から離れることができたのは好都合だ。

今はとにもかくにも、マリオンの治療が大事なのだから。

この機会を最大限に利用させてもらおう。

あたしは侍女の後ろをついて、部屋の外に出る。

「マリオンの離れ家はどっちにあるの？」

「あ、はい。あちらの方にございますが、流行病がうつりますので……」

「うむ。それはわかっている」

方角がわかれば、なんとかなる。侍女一人なら撒《ま》けるかもしれない。

なにしろあたしは毎日剣術訓練をして、体を鍛えているのだから。

そう思ってキョロキョロしていたら、

「ご安心ください。ルリア様。しっかり護衛させていただいておりますからね」

一人付いてきていた大公家の従者に、後ろから声をかけられた。

気配を全く感じなかった。恐ろしい。

「つ、ついてこなくていいよ？」

「そういうわけには参りません。お嬢様を守ることが私の仕事ですので」

と、有無を言わさぬ口調で、満面の笑みで言われてしまった。

屋敷に入った四人の従者のうち、一人しか付いてこなかったのは不幸中の幸いと言うべきか。

とはいえ、一人であっても一流の護衛でもある従者を撒くのは難しい。

仕方がない。従者にはサラの部屋の外で待っていてもらおう。


少し歩くと、侍女は足を止めた。

「どした？」

「お嬢様。少しここでお待ちを……」

侍女は廊下の突き当たりにある部屋に向かって歩いて行く。

あたしはその部屋の中に向けて耳をそばだてた。

実はあたしには、集中すると耳がよく聞こえるようになる特技がある。

ちなみに集中すれば目もよく見えるようになる。

それはまるで、前世の頃、身体強化の魔法を使ったときのようにだ。

だが魔法を使っているつもりはないので、魔法ではなく特技だろう。

特技であって魔法ではないのだから、この技を使っても身長は伸びるに違いなかった。

その特技を使って、部屋の中の音を聞き取ると、

「この恥さらしが！」

「…………」

「お前のような者が男爵家の――」

大人の女が、誰かを罵《ののし》る声が聞こえてくる。

「……ふおん《不穏》だな？」

あたしは侍女に聞こえないぐらい小さな声で呟いた。

「失礼いたします！」

侍女が大きな声を出して部屋の中に呼びかける。

「一体なにごと？」

「大公家のルリア様がおいでになりました」

「…………」

扉が開いて、貴族の奥方様のような恰好の女が出てきた。

その女があたしを、じろりと睨むように見る。

「なんと。……不吉な」

口を扇で隠しながら馬鹿にしたように言った。

その女のお腹はぽっこりと膨れている。

七か月といったところだろうか。

きっと妊娠して実家に帰ってきた男爵の姉とか妹とかだろう。

あたしはその女を無視した。

あたしのことを不吉などと言った女に、自己紹介などしてやるものか。

「名乗りもしないなんて礼儀しらずね」

目上の者から声をかけるのが礼儀。

その女は、仮にも大公家の令嬢であるあたしには、自分からは声をかけられない。

だから陰口を叩く。五歳児だと思って侮っているのだ。

「無礼で不吉な娘なら、陰気で愚かなサラとお似合いかも知れないわね」

父があたしを屋敷の外に出さなかったのは、このような陰口から守るためだったのだろう。

「きこえてるぞ？　おまえ、なまえは？」

「はぇ？」

その女は間抜けな声を出す。幼児に問い詰められるとは思わなかったのだろう。

あたしは怒っていた。

あたしに対する悪口はどうでもいい。

いや、本当はどうでも良くはないが、それよりもずっとサラに対する悪口は聞き逃せない。

あたしはサラのことはよく知らないが、マリオンの乳を分けて貰った恩がある。

「はぇ？　じゃない。なまえは？　父にほうこくせねばならぬからな？」

「えっ？」

問い詰められると思わなかったのか、女はぽかんとした表情を浮かべた。

「お嬢様。聞くまでもありません。名前は私の方でしっかりと調べておきましょう」

「ん、たのんだ」

「えっと、失礼しますわ」

慌てたようにその女は扇で顔を隠すようにして去って行く。

今更、顔を隠そうとしても、もう遅い。大公家の従者に見られた後だ。

あっという間に全ての情報が丸裸にされるだろう。

「すまない。そなたは、へやの外にいてほしい」

「何故《なにゆえ》でございましょう？」

「サラはいじめられていた。泣いているかもしれない」

今日同行してくれた従者は特殊な訓練を受けている。

五感強化の魔法を使っているので、きっと女に虐められていた声も聞こえていたはずだ。

「……畏まりました。ですが、何かあったときにすぐに対処できるよう扉は開けておいてください」

あたしの身を守るのが仕事である従者にとって最大の譲歩だ。

「わかった。じじょとかが来ないようにみはってて」

「畏まりました」

あたしは侍女たちが近づかないよう従者に頼むと、扉を開けたまま静かにサラの部屋へと入った。

サラの部屋はカビ臭かった。

昼間だというのに日光はほとんど差し込んでおらず薄暗い。

窓はあるのだが、北向きなうえ、窓のすぐ近くに大きめの木があるせいだろう。

その薄暗い部屋の中に寝台があった。
寝台のシーツは黄ばんでいて、湿っていそうだ。恐らくカビ臭さの原因は寝台だ。
部屋の出入り口からみて、カビ臭い寝台の向こう側に隠れるようにしてサラはいた。
床の上にぺたりと座り、
「……――……――」
かすかに小さな声で、ぼそぼそとしゃべっている。
どうやら、サラはあたしに気づいていないようだ。
何を話しているのだろう。
あたしは気になって、音を立てずに近づいた。
「……――……」
サラは囁きながら、木の棒にぼろきれを巻き付けた物を大切そうに抱きしめている。
それはただの棒だ。
ただ、左右に少しずれてはえた枝が、腕のようにみえなくもないただの棒である。
ただの棒に布を巻いただけだが、それがサラの人形らしい。
仮にも貴族のご令嬢が、まともな人形一つ与えてもらえないのか。
「……サラはかわいいね。……いいこいいこ」
サラは呟く。
それは、きっと母マリオンに言ってもらって嬉しかった大切な言葉。

「……サラはママのたからものだからね。……いいこ」

かけてもらって嬉しかった言葉を、自分に見立てた人形に向かって呟いている。

あたしは泣きそうになった。

「サラ」

「ひぅ」

あたしに気づいたサラはビクッとして、慌てたように木の棒の人形をスカートの中に隠す。

尻尾を股の間に挟んで、プルプル震えて固まっている。

そんなサラをあたしは抱きしめた。

サラはまるで満足にご飯も貰えていないのではと思えるほど、細くて小さかった。

「……だいじょうぶ。ルリアにまかせろ」

「るりあ……さま？」

「サラは、ルリアの、妹みたいなものだから。ルリアは姉だから」

「おねえ……ちゃん？」

「うむ。サラの母上のおちちで、ルリアはそだったのだから」

あたしは「だいじょうぶ」と繰り返しながら、サラを抱きしめた。

どうやら男爵はサラを可愛がっていないらしい。

理由はわからない。

男爵は「サラは妃殿下にお会いできるような者ではなく」と言った。

てっきり礼儀が身についていないからだと思ったが、少し違和感はあった。

まるで、サラが身分の低い者であるかのような口調ではないか。

しばらく抱きしめていると、やっとサラの震えが収まった。

「サラ。うちにきたらいい」

「……でも」

「マリオンのびょうきもきっと治る。治ったらいっしょにくらせばいい」

「……でも」

「でも？」

「サラは、獣人だから……むりなの」

「どうしてそう思うの？」

「サラは、……獣人だから……いやしいの」

サラは悲しそうに自分の犬のような耳をぎゅっと摑む。

そうか。サラはそう言われて育ったのか。

やはり男爵の「お会いできるような者ではなく」という言葉も、そういう意味だったのか。

あたしは男爵に、大いに腹を立てた。

「いやしくない。サラはいやしくない」

「でも……」

「でもじゃない。サラはマリオンのたからものなんだから」

サラは目に涙を浮かべた。

「サラはかわいい。いいこ。そしてルリアの妹だ」

「えぇ……ええぇっぐ」

サラはボロボロと涙をこぼす。

「サラはルリアの妹。そしてルリアは姉だから。サラはいいこでかわいい」

あたしはサラが泣き止むまで、声をかけながら、抱きしめた。

キャロもポケットからでてきて、サラの頭を優しく撫でる。

「……りす？」

サラがキャロを見て首をかしげる。

「プレーリードッグのキャロだ」

「かわいいね」

サラは初めて笑った。

（きゃろ、でかした！）

あたしは、キャロに無言でよくやったと目で伝えた。

「きゅ」

キャロもどや顔をしている。

サラのことはあとで母に頼むとして、今はマリオンの病気を治すのが先だ。

マリオンが元気になれば、サラも幸せになれるし、寂しくない。

マリオンさえ元気になれば、あの愚かな男爵だって、どうにでもなる。

「さて……サラ」

「はい。ルリアさま」

サラは自分の肩に乗ったキャロを撫でている。

様はいらないと言おうと思ったが、礼儀がなってないと怒られたら困るので後回しにした。

「……キャロ、ていさつして」

「きゅ」

キャロはタタタと四足歩行で開いた扉まで走って部屋の外を窺う。

「サラ、こっちにきて」

「うん」

サラを窓のそばに連れて行き、小声で話す。

「しずかにな？」

「うん」

「マリオンの、サラのかあさまの場所はわかる？」

「えっと……あっち」

サラは窓の外に生えている木のさらに向こうにある離れ家を指さした。

窓からその離れ家までは、大人の足で七十歩ぐらい離れている。

つまり、窓から離れ家までの距離は大体五十メルトぐらいだ。

ちなみに、長さの距離メルトについては兄に教えてもらった。

「あのはなれやか」

「そう。サラも中にはいれないの」

「うつるからなー」

そう言いながら、あたしはマリオンの離れ家まで近寄る方法を考える。

剣術訓練のおかげで、体力がついたので、五歳にしては速く走ることができる。

だが、見つかったらまずい。

とくに大公家の従者に見つかったらまずい。

従者たちは護衛を務めているだけあって、とにかく速いのだ。

十歩も進む前に確保されて、連れ戻されるだろう。

「むむぅ……ん？」

いちかばちか、全力で走ろうかと思っていたら、違和感にふと気づいた。

「あれ……まさか、もやかな？」

「もや？　ルリアさま、もやって？」

「たてものに、くろいもやが少しかかっているように……みえぬか？」

「サラには、そんなのはみえないの」

サラには見えないということは、呪力だろうか？

「……まさか」

もう一度よく見たら、あたしの誕生直後、母を殺しかけたあの呪力の靄に少し似ている。

いや、だがもし呪力なら、守護獣たちが、気づいて教えてくれたはずではないだろうか？

「……まよっている場合じゃない。んっしょっと」

あたしは窓を開ける。下から押し上げるタイプの窓だ。

非常に固く、重かったが、剣術訓練をしているので、なんとか開けられた。

「うお」

「…………」

窓を開けると、窓の下に隠れるように伏せをしたダーウがいた。

ダーウはあたしの顔を見ると、嬉しそうに尻尾を全力で振った。

立ち上がって鼻先だけをこちらに突っ込んでくる。

「き――」

叫び声をあげかけたサラの口を塞ぐ。

無理もない。

ダーウは馬のようにでかい。知らなければ、猛獣に見えるだろう。

「きゅっきゅっきゅっきゅっ！」

同時にキャロから、小さめの警告の声が上がる。

従者が部屋の中を窺いにきたのだ。

一流の護衛だけあって、一瞬の悲鳴も聞き逃さないようだ。

「モー、サラッタラー、キャッキャ」

あたしは楽しそうに遊んでいるかのように演技した。

サラはきょとんとしている。

ダーウも慌てて窓の外で伏せをして隠れた。

あたしがはしゃぐ様子を見て、遊び中にあがった悲鳴だと考えたのか、従者は元の位置に戻った。

あたしの演技力が凄かったおかげだと思う。

「……たすかった」

「――！」

「サラ。さっきのでかい犬は、あたしのともだちのダーウという」

「だーう？」

呼ばれたと思ったのか、窓の向こうに隠れたダーウが再び顔を出した。

「そう、この子がダーウ。こわくないからだいじょうぶ」

「ダーウ。……ママから聞いたの」

「うん。ダーウはマリオンのともだちでもある」

「そうなんだ」

その頃には再びダーウは鼻先を窓の隙間に突っ込んでいた。

「かわいいいね？」

「うむ。ダーウはかわいい」

サラはダーウとも仲良くできそうで安心した。

「ダーウ……なんでここにいるんだ？」

「ふんふん」

自慢げに鼻をふんふん言わせている。

きっと、あたしを追いかけて走ってきたのだ。

あとで、ダーウは怒られるに違いない。

そのときはあたしも一緒に怒られよう。

「ダーウ、たすかった。てつだって」

「ふん」

「ルリアさま？」

「ルリアはマリオンにあわないといけないんだ。協力してくれ」

「うつるの！　だめ」

「だいじょうぶ。ルリアは特別だからうつらない」

嘘である。普通にうつる。

だが、そう言わないとサラは納得しないと思ったのだ。

「それは、すごいの」

サラは素直に感心してくれている。

マリオンを治すために近づくと言えば、すんなり協力してくれるだろう。

だが、もし失敗したら。

期待を持った分、サラのショックはとてつもなく大きくなるだろう。

もしかしたら立ち直れないかもしれない。

サラには「治せるかもしれない」ではなく「治せた」と伝えたい。

「サラ。寝台で、ルリアといっしょに昼寝をしているふりをしてて」

「うん」

サラはもぞもぞとカビ臭い布団の中に入る。

「サラ、すこしまっててな？」

あたしは窓の隙間から外に出て、ダーウの背に乗った。

「ダーウ、はしって」

「……」

ダーウは無言で走り出す。やはり速い。

あたしはダーウの背中の毛を力一杯握ってしがみつく。

ダーウは、ほとんど一瞬で五十メルトを走った。

あっというまにマリオンが隔離されている小屋にたどり着く。

同時に小屋の屋根の上に守護獣の鳥たちが舞い降りた。

「ダーウ、まど」

小さなささやき声でお願いすると、

「……」

ダーウは無言で窓に近づいて、前足を窓枠にかけて中を覗く。

「ダーウ、ありがと」

あたしはダーウの背をよじ登って、肩車のような状態になり小屋の中を窺う。

寝台に横たわって目をつぶる痩せこけたマリオンが見えた。

息をするのも辛そうだ。

顔は真っ赤で、顔や腕に腫れ物ができている。きっと服で隠れている部分にも腫れ物ができているのだろう。

そして、なにより、全身が黒い靄に覆われている。

「……やっぱり、のろいだ」

だが、守護獣である鳥とダーウがいるが、何もしていない。

つまり呪いをかける呪者とやらは、この近くにはいないはず。

呪いだけが残っているのだろう。

クロはあたしには呪いを解く力があると言っていた。

生まれたばかりの頃を思い出す。

「たしか……」

記憶は朧気だ。何しろ生まれた直後のことなのだから。

普通は覚えていないことである。

だが、あたしには前世があるせいか、ほんの少しだけ覚えている。

「……気合いをいれて、あっちいけってかんじだった気がする」

「ふんふん」

「だめならまどをやぶるからね。ダーウ、そのときはたのむな？」

「ふんふんふん」

失敗したら、窓を破って、マリオンに直接触れて呪いを解いて、治癒魔法をかけるしかない。

相当怒られるだろうが、マリオンの命の方が大切だ。

「いくよ」

あたしは小屋の外から窓越しにマリオンを包む黒い靄に向け「きえて！」と念じた。

強く強く、祈るように念じる。

体からなにかが抜けるような気配を感じた。

前世を通じても初めての感覚だ。

いや、生まれた直後、母の呪いを解いたときにも似たような感覚がしたような？

よくわからない。

「……これでいけたのか？」

「ふんふんふんふん」

ダーウも興奮気味に、窓からマリオンの様子を窺っている。

あたしも窓の中を見てみると、マリオンを覆っていた靄は消え去っていた。

「せいこうかな？」

靄は消えても、まだ顔は赤いままだし、腫れ物も治っていない。

高熱も下がっていないし、呼吸も辛そうだ。

「えっと、ぜんせのときは……」

前世の頃は、離れた場所から、数十人にまとめて治癒魔法をかけたものだ。

前世ほどの力は使えないだろうが、少しでも似たことができればいい。

「せいれいたち、力をかして」

あたしがお願いすると、周囲に沢山いる幼い精霊たちが魔力を貸してくれる。

『まかせるのだ』

クロが突然、地面からにゅっと生えるように現われると、大きな魔力を貸してくれる。

「ありがと」

それを使って、壁越しにマリオンに治癒魔法をかけた。

『成功だね、これで大丈夫なのだ』

「クロ、ど――」

どうしてここに？　どうして呪いだと教えてくれなかったの？

色々聞きたかったのだが、

『詳しい話はあとで。人の目があるのだ』

質問を遮り、クロは姿を消した。

あたしは周囲を見回した。誰にも見られていないと思う。

だが、いつ人が来るかわからない。

それにクロも成功だと言ってくれたので、マリオンは大丈夫だ。

そう信じて、あたしは祈る。

「マリオンが元気になりますように。サラがまってるからね」

治癒魔法を使った後、ほんの少しだけ疲れた気がした。

前世とは違い、なにかが抜ける感覚もした。

前世では、魔法を使ったら疲れたが、なにかが抜ける感覚というのはなかった。

「やはり、ぜんせのようにはいかないのだなー？」

「ぁぅ？」

念のために、もう一度、窓から覗くと、マリオンの顔色は普通に戻り、腫れ物も治っていた。

熱も下がっているし、呼吸も楽そうに見えた。

おそらく、のどにできた腫れ物も治ったのだろう。

「これで、だいじょうぶだ。クロ、精霊たち、ありがと」

あとは、ちゃんとご飯を食べれば治るはず。

男爵は信用できないので、母に言ってマリオンにちゃんと栄養のある食べ物を届けてもらおう。

「マリオン、またね。鳥たちもマリオンのことをたのむな？」

それから、ダーウにお願いしてサラの部屋に戻ってもらう。

鳥は二羽ほど小屋の屋根の上に残ってくれた。

これで呪者が再び襲ってきても安心だ。

安心したら眠くなる。それにお腹も空いた。

あたしは窓枠を乗り越えて、サラの部屋に戻った。

「ルリア様……ママは？」

「マリオンはだいじょうぶだ。すぐ治る」

「……えへ」

サラは、あたしの言葉を疑うことなく、にへらと笑う。

「よかったの」

「あとで、おてがみ書こう？　それなら、マリオンにわたせる」

「……サラ……じがかけないの」

五歳なら、文字を書けなくても仕方がない。

「それなら、ルリアがおしえてあげる。姉だから」

そう、あたしはサラの姉のようなもの。

姉ならば、読み書きも教えてあげるのは当然だ。

「ぴぃー」

あたしとサラが話していると、寂しくなったのかダーウが窓の隙間に突っ込んだ鼻を鳴らした。

「ダーウありがと、たすかった」

あたしはお礼を言ってダーウを撫でる。

「はっはっ」

すると、ダーウは嬉しそうに尻尾を揺らす。

「サラもなでたいの」

「いいよ」

「でっかいねぇ」

サラはダーウの鼻先を撫でた。

ダーウ自慢のペタペタした黒い鼻を、サラは撫でる。

鼻を撫でられるのは、多分ダーウはあまり好きではない。

だが、ダーウは我慢して撫でられている。

「……ダーウ。そろそろ家にもどったほうが、いいかも？」

「ふんふん？」

「ここに来たことが、ばれたら叱られる」

「うっ！」

叱られると聞いて、はじめてその可能性に気づいたかのように、ダーウはびくりとした。

「きづいてなかったの？」

「ぴぃ」

「ダーウ。もしかして、散歩のとちゅうでにげた？　それならにがした従者もこまっているし」

「きゅーん」

「あとで、いっしょにあやまりにいこうな？」

「ぴぃ～」

ダーウは鼻を鳴らして甘えている。

そのとき「きゅっきゅっ！」とキャロが警戒音を出した。

それと、ほぼ同時に、

「あら？　ダーウが来てしまったのね」

母が部屋の中に入ってきた。

母は警戒の任についていたキャロを抱き上げて、こちらに向かって歩いてくる。

「きゅ～」

キャロはしょんぼりしているように見えた。

警戒音を出すのが遅れたことを反省しているのだろう。

「ば、ばれた……」

「ぅ」

サラはあたしの後ろにさっと隠れた。まだ人見知りしているのだ。

「わぅ」

ダーウは母を見た瞬間、窓の向こうに慌てて隠れた。

だが、もう遅い。

「もう。ダーウったら」

母はまっすぐに窓まで歩くと、窓の下をのぞき込む。

あたしも母と一緒に窓の下を見ると、

「あぅ」

ダーウは仰向けになり、服従のポーズをしていた。

「ダーウ。悪いことをしたことはわかっているのね」

「かあさま！　ルリアがわるいの。ダーウはルリアがしんぱいで、きちゃっただけなの」

「わかっているわ、ルリア」

母はあたしを撫でると、窓の外のダーウに言う。

「ダーウ。私たちが帰るときに一緒に帰りましょう。しばらくその場で待機です」

「わふ？」

ダーウは体を起こして、尻尾を揺らす。許されたと思ったのだろう。

「ダーウ、叱るのは帰宅後です」

「きゅぅん」

「犬はすぐに叱らないと駄目なのだけど、ダーウは賢いからあとでいいわよね？」

「……きゅーん」

ダーウは尻尾を股の間に挟んでいた。

「心配しているでしょうし、ダーウがここにいることを屋敷にも報《しら》せて。私が連れて帰るわ」

「畏まりました」

母は従者に指示を出した後、あたしの後ろに隠れたサラに屈んで語りかける。

「サラ、私たちの屋敷に来てくれないかしら？」

「…………お屋敷に？」

「そう、ルリアと私たちの屋敷に」

「……でも」

サラは自分の獣耳をぎゅっと握る。

「心配しなくていいわ。男爵は快く許可してくれたわ」

母はサラの頭を優しく撫でると、にこりと微笑む。

それは、先ほど男爵や侍女に向けていたものとは全く違う優しい笑顔だった。

◇◇◇◇

ルリアが侍女に連れられてサラの部屋に向かった直後。

アマーリアは男爵に微笑んだ。

「さて、大切な話をいたしましょう？」

「大切な……とおっしゃいますと……一体」

「サラのことです」

「っ」

何を言われるのかと、緊張し男爵は息を呑む。

「順当にいけば……、男爵家の後継はサラになりますでしょう？」

「はい。そのとおりです」

サラは、男爵と正妻であるマリオンの一人娘だ。

サラには十歳年上の兄がいたが、サラが生まれる前に不慮の事故で亡くなっている。

「このままだと、サラに婿養子を迎えることになるのでしょうが……」

このオリヴィニス王国においては、男が爵位を継承するのが一般的だ。

女が継承する場合は例外的な事例に限られる。

順当にいけば、マリオンの婿養子である男爵が跡を継いだように、サラの夫が次代の男爵になることになる。

「そのことについて、男爵はどうお考えなの？」

「どう……とは？」

「あら、私、まどろっこしいのは嫌いなの」

「そう……申されても、私には……」

困惑する男爵に、アマーリアは顔をしかめた。

「仮にもクレーブルク侯爵家に連なる男爵家の後継の耳が、あのような形であることについて、どう思われるの？」

「それはっ！」

そこでやっと男爵はアマーリアの言葉の意味を理解した気になったらしい。

「私もっ！　私も問題だと思っております」

「そうでしょうね。男爵は他に跡継ぎをご用意なさっているご様子」

「そ、そんなことは……」

「大公家の情報収集力を侮らないでくださいな」

大公家はルリアがお見舞いに行きたいと言ってから大急ぎで男爵家の情報を集めた。

ルリアの安全のためである。

なにか理由がなければ、友好的な他家の情報を集めたりはしないものだ。

情報収集のための人的資源も限られているし、なによりも失礼だからである。

それゆえ、男爵には妊娠中の愛人がいて、愛人と一緒にサラを虐めているということを、これまでグラーフもアマーリアも知らなかった。

「これから生まれてくる自分の子に跡を継がせたい。だからサラが邪魔ということよね？」

「じゃ、邪魔などと……」

「建前は不要よ」

「っ！　そのとおりです。卑しい獣人が栄光ある侯爵家に連なる家の後継になるなど！」

「男爵は、そう思われるのね」

アマーリアはにこりと微笑む。

まるで教師に正解だと言われたかのように男爵は嬉しそうに続ける。

「はい！　もちろんです！　ですから私は――」

「それ以上、おっしゃらなくて結構。ただ、外聞が悪いことは理解しておられる？」

「獣人が後継になること以上に……でございますか？」

「もちろん。男爵家の血を引いているのはマリオンよ。あなたは男爵家の血を引いていない。これでは乗っ取りと思われても仕方ないのではなくて？」

「それは……」

男爵は言葉に詰まった。

アマーリアの指摘は正論過ぎた。

獣人の貴族は少ないがいる。法的には問題ないのだ。

正統な後継者を廃嫡し、愛人に産ませた子を嫡子にするとなれば、外聞は著しく悪い。

しかも男爵自身は男爵家の血を引いてすらいないのだから。

「ならば、サラを大公家の猶子《ゆうし》にしましょう」

「え？　猶子でございますか？」

男爵は驚いて、目を見開いた。

猶子とは、相続権のない養子のようなものである。

「その方が、男爵も都合が良いのではなくて？」

猶子になったとしても、サラの男爵位の継承権はなくならない。

だが、サラが大公家の一員となれば、男爵と愛人の子を後継にしても目立たない。

猶子になったサラはよその家の子供なのだから。

しかも、その家は大公家。男爵家とは比べものにならないほど格上の家だ。

男爵家が大公家の意向に逆らえると周囲の者は思わないので、サラが猶子になったことは大公家の意向だと思うだろう。

男爵が自分の欲望のために、サラを猶子にし、愛人の子を嫡子にしたと思う者はいない。

「そう……かもしれません。ですが、大公殿下はそれでよいとお考えなのですか？」

「殿下はね。ルリアを愛しているの。でも、ルリアは……ね？」

「は、はぁ」

「事情があって、友達を作りにくいでしょう？　その点サラは丁度いいわ」

「なるほど。そう言うことでしたら、ぜひ」

男爵は、ルリアが赤い目と髪をしているから、恥ずかしくて社交には出せないのだと誤解した。

そう男爵が誤解するように、アマーリアは言葉を選んだのだ。

「善は急げね。お願い」

「畏まりました」

従者がテキパキとサラを猶子とするための書類の準備をする。

「サインしてくださる？」

「は、はい」

男爵はあっさりとサラを大公家の猶子とすることを承諾する書類にサインをした。

「これでいいわ。早速サラをもらっていくわね」

そういってアマーリアは立ち上がる。

「あの妃殿下」

「なにかしら？」

「私の『子』を……よろしくおねがいします」

その「子」というのは愛人との間に今度生まれる子供のことだ。

サラを廃嫡し、愛人の子に男爵家を継がせるためには、本家の、つまりアマーリアの実家の了承が必要だ。

「もちろん。まかせて」

「ありがとうございます」

アマーリアは部屋をでてサラの部屋へと歩いて行く。

歩きながらアマーリアは「拍子抜けね」と心の中で呟いた。

アマーリアは怒っていた。

マリオンが病気で苦しんでいる間に浮気をしただけでも腹立たしいというのに、あろうことかサラを虐待したのだから。

だから、グラーフにもお願いして、サラを大公家の猶子とし、サラに男爵位を直接継がせることにしたのだ。

（……もう少し面倒になるかと思ったのだけど）

男爵は、アマーリアの父である亡くなった先代侯爵が、マリオンの旦那として選んだ男だ。

だから、もっと優秀な男だと思っていた。

父も耄碌《もうろく》していたのかしら？　と考えた。

それとも結婚した後に、男爵がクズになったのだろうか。

「まあ、いいわ」

目論見は全てあっさりと成功した。

これもそれも、男爵が、アマーリアの言葉の裏を読まないからだ。

アマーリアは一言も嘘をついていない。

ただ、誤解されやすい言い方をしただけだ。

獣人が男爵位を継ぐことを、アマーリアが不快に思っていると、男爵は誤解してくれた。

単にどう思うか尋ねただけなのに。

猶子にすることで、サラを男爵の嫡子から外そうと考えているのだと誤解してくれた。

逆だ。猶子にした以上、サラは大公家の後ろ盾を得たのだ。

大公家の後ろ盾があれば、女性でありながら、例外的に男爵の位を継ぐことも難しくない。

貴族同士の会話ならば、言ったことと言っていないことを明確に分けなければならないのに。

男爵が本気でこれから生まれてくる子に跡を継がせたいならば、もっと警戒すべきなのだ。

大公妃が突然お見舞いに来ると言った時点で、警戒して情報を集めるべきだった。

もちろん、大公家はそれに対抗するために偽の情報を流す準備もしていたが、無駄になった。

ごねたときのために、男爵の弱みとなる情報も集めたが、それも無駄になった。

とにかく、手応えがなさ過ぎた。

これでは遅かれ早かれ、男爵家は食い物にされていただろう。

（……あ、そうね）

まさに今、愛人に食い物にされている最中だった。

アマーリアが歩いていくと、部屋の前に立つ従者が見えた。

その向こうには、こちらに背を向けたキャロがいる。

その配置で、アマーリアは悟った。

これはルリアがキャロを見張りに立たせているのだ。

ルリアが従者に見つかりたくない何かをしているに違いない。

そっと静かに近づくと、

「きゅっきゅっ！」と案の定、慌てたようにキャロが警戒音を出す。

そして部屋の中にはルリアとサラと、そして窓の向こうにはダーウがいた。

「あら？　ダーウが来てしまったのね」

隠そうとしていたのはダーウだったらしい。

虫関連の何かでなくて良かった。

アマーリアはほっと胸をなで下ろし、キャロを抱きあげて、ルリアのもとへと歩いて行った。

◇◇◇◇

サラに屋敷に来るよう説得した後、

「帰りましょうか」

そういって、母は部屋の外へと歩いて行く。

「あ、かあさま。待って」

あたしは振り返って、窓の外、マリオンのいる離れ家を見た。

もう嫌な感じはしない。きっと大丈夫だ。

「ルリア、どうしたの？」

「ん。だいじょうぶ」

あたしは母の後ろについて部屋を出た。

サラの右手を握って、肩にキャロを乗せて歩いていく。

サラは左手に棒の人形を持って、しっかりついてきた。

部屋を出たあと、母はまっすぐに玄関へと歩いて行く。

玄関ホールには先ほどあたしに陰口を叩いた貴族の奥方様らしき女がいた。

サラがびくりとして、耳をぺたんとさせて、尻尾を股の間に挟む。

「……だいじょうぶ、ルリアがいるから」

サラに囁いて、手をぎゅっと握る。

「妃殿下」

母を見つけて、その女は笑顔で語りかける。

「今日は私どもの屋敷においでくださり、まことに――」

「あなたの屋敷ではないわね」

母は足を止めずに冷たい口調で言い切った。

そのまま玄関の外に向かって歩いて行く。

「私に話しかけるなんて、礼儀をご存じないのかしら？」

母がぼそっと呟くと、その女は怯えたような表情でびくりとした。

基本的に目下の者から話しかけるのはマナー違反なのだ。

先ほど、あたしには話しかけなかったのに、どうしたのだろう。

よほど嬉しいことでも、あったのだろうか。

母は振り返らずに、横にいた従者に言う。

「男爵は見送りにもこられないのかしら？」

「……お忙しいのでしょう」

「執事も見送りに来ないなんて」

「……よほど、お忙しいのでございましょう」

「まあ、それならば、仕方のないことね。私を見送るより余程大事なご用があるのでしょうし」

それは完全なる嫌味である。

女は顔色を青くして、オロオロしている。

「きゅ！」

そのとき、キャロが警戒の声をあげた。

「どした？」

あたしの肩の上に乗ったキャロは、先ほど男爵と挨拶した応接室の方をじっと見つめている。

あたしもつられてそちらを見た。

「ぬお？」

思わず変な声が出た。

「ルリア、どうしたの？」

「な、なんでもない」

応接室の扉の下から黒い靄が漏れ出していた。

中はきっと黒い靄であふれているに違いない。

（なにがあったんだろ？）

あたしは足を止めて、応接室の扉をじっと見つめた。

母はいぶかしげに、サラは不安そうにあたしのことを見ていた。

だが、あたしは応接室から、目を離せなかった。

男爵が呪いを使って何かやっているのだろうか。

それならば、止めなければなるまい。

だが、あたしは剣術を習っているとはいえ、ただの五歳児。

従者に協力してもらって……いや、従者は呪力のことがわかるまい。

クロがいれば……いや、守護獣のキャロとダーウがいればなんとかなるかな？

でもキャロはしっかりしているが体が小さい。

ダーウは大きいが、家の外だ。

色々考えたが、良い案が浮かばない。

「……ど、どうしよ」

「ルリア。なんのこと？」

そのとき、応接室の扉が乱暴に開かれて、男爵家の執事が外に飛び出してきた。

同時に黒い靄が廊下に、一気に流れ出す。

「うわぁ」

あたしが思わず悲鳴をあげて、

「何事？　調べて」

母が従者をチラリと見る。

「お待ちを」

大公家の従者の一人が、男爵家の執事のもとに走っていった。

そしてすぐに戻ってくる。

「……男爵が倒れたようです」

「そうなの？　心労かしらね」

それを聞いて、あたしに陰口を叩いた女も、大慌てで応接室に走っていった。

「ルリア、サラ。帰るわよ」

男爵の病状が気になる。

そもそも呪力が部屋からあふれ出したのは、なぜなのだろう。

気になっていると、

『返事をしないで欲しいのだ』

あたしの足元の床からクロが上半身だけ出して、語りかけてきた。

「……」

あたしは歩きながら無言でクロを見つめる。

クロはあたしの歩調にあわせて移動しながら、教えてくれる。

『マリオンの呪いが男爵に返ったのだ』

「……なにもしなくていいの？」

あたしの問いに、

「私たちにしてあげられることはないわ。自分たちで医者を呼ぶでしょう」

『ルリア様なら、呪いを払うことはできるけど、自分で呪ったんだから、自業自得なのだ』

母とクロが同時に答えてくれた。

「そっかー」

あとで、クロに呪いについて詳しく聞かねばならぬ。

そう心に決めた。

歩き出した母について、玄関から外に出ると、侍女が待機していた。

「馬車の準備はできております」

「ありがとう。でも、帰る前に行く場所があるの」

そういうと母は馬車の方ではなく、屋敷の裏手に向かって歩き始めた。

庭は手入れされているが、ドレスで歩くための道はない。

母はドレスの裾が茂みに引っかかるのを無視して、どんどん進む。

その後ろをあたしとサラ、そして侍女、従者がついていく。

「奥方様、一体何を……」

「ダーウが来てしまったから、迎えに行ってあげないといけないわ」

「それならば、私が迎えにいきます」

「いいの。私が行きたいだけなのだから」

母は困惑する侍女ににこりと微笑む。

「ですがドレスで、……このような場所を歩かれては……」

「ごめんなさい」

そういって、いたずらっぽく笑った母は、少女のようだった。

「かあさまは、おてんばなのだなぁ」

母は十八歳で兄を産んだ。その兄が今年で十五歳。

つまり、母は三十三歳なのだ。だが、十代にみえるときがある。

「ルリアお嬢様は、奥方様にそっくりですね」

「そうかな？　ふへへ」

母に似ていると言われると嬉しい。照れてしまう。

照れ笑いしていると、サラが頭を撫でてくれた。

「へへへ」

照れながら、歩いて屋敷の裏手に回ると、ダーウがいた。

ダーウは、母に「その場で待機」と言われたので、待機していたのだ。

「わふぅわふぅ」

ダーウは甘えて、あたしに大きな頭を押しつけにくる。

「……きょうはたすかった。ありがとうな」

ダーウの耳元で囁いて、力一杯撫でまくる。

「きゅーん」

「おこられるときは、いっしょだ」

「ぴぃー」

ダーウは仰向けになって、ごろごろする。

そんなダーウのお腹を撫でまくる。

「サラもなでるといい」

「うん」

サラもダーウのお腹を撫でる。

「もふもふだね」

「うむ。ダーウはもふもふだ。それと、ダーウは鼻よりもお腹をなでた方がよろこぶ」

「うん」

先ほどサラはダーウの鼻をペタペタ撫でていたので、教えておく。

あたしとサラがダーウを撫でている間、母はマリオンの離れ家に向かって歩いて行った。

「マリオン！　私よ。アマーリアよ！　返事はしなくて良いわ！」

母はマリオンに大声で呼びかける。

「サラのことは安心して。私が責任を持って預かったわ！」

「……ありがとう……ございます」

マリオンの声がした。

母は何かを言いかけた。きっと返事はしなくていいと言おうとしたのだろう。

声を出すだけで、体力を消耗するからだ。

だが、母が言葉を発する前に、サラが走っていって、大きな声で叫んだ。

「ママ！　サラだよ」

サラは棒の人形をぎゅっと握る。

まるで、マリオンに自分が忘れられているのではないかと不安になっているかのようだ。

「サラ……元気そうね」

「うん！」

マリオンの声を聞いてサラは笑顔になった。

「可愛いサラ。ごめんなさいね。守ってあげられなくて。抱きしめてあげられなくて……ごめんなさい」

「ママはわるくないの！　だいすき」

「ありがとう。ママもあなたが大好きよ。可愛いサラ。奥方様の言うことをよく聞くのよ」

「うん。サラいうことき〱」

「いいこね。サラは私の宝物なの。幸せになるのよ」

それはマリオンからサラへの遺言のようだった。

「うん。サラはママのたからものなの」

サラの目から涙がこぼれた。その涙を、サラはごしごしと袖で拭う。

「マリオン。すぐによくなる。それにサラはルリアの妹だから、安心するといい」

「ありがとうございます。私の可愛いお嬢様」

マリオンの声は力がなかった。

体力がないのだろう。

「かあさま。マリオンにご飯を……とどけてほしい」

「わかっているわ。まかせておいて。このままにはさせないから」

「うん」

それからしばらくサラはマリオンと壁越しに会話をした。

サラが日々あったことを、一方的に話している。

それをマリオンはうんうんと聞いている。

虐められていたサラには、いいことなんてほとんどなかったはずなのに、いいことばかり話していた。

「それでね。まどをあけたらね。きれいな葉っぱがはいってきたの」

「そうよかったわね」

「それでね、その葉っぱをね――」

しばらく話した後、母がサラに言う。

「そろそろ、帰りましょうか。マリオンが疲れてしまうわ」

「……あい」

サラは少し寂しそうな顔をしたあと、素直に頷いた。

マリオンの体力のことを考えれば、本来、話などさせるべきではない。

だが、気力を考えれば、サラとの会話は必要なのだ。

「マリオン、しっかり体を休めて。食事はちゃんと手配するから安心して」

「ありがとうございます。奥方様。旦那様にもどうかよろしくお伝えください」

あたしたちは持ってきた消化に良さそうなお菓子を家の前に置いてから、馬車へと向かった。

馬車の扉を開けると「ばう」と鳴いてダーウが一番に乗ろうとする。

「……ダーウ。じぶんの大きさをかんがえるといい」

「きゅーん」

ダーウは巨大なので、馬車の中に入れるわけがなかった。

「ダーウは、はしってついてこれるな？」

「ぴぃぃ」

「あまえてもダメ」

あたしたちがダーウを残して馬車に乗ると早速動き出す。

馬に乗って馬車を護衛してくれる従者は四人だ。

「ひとりすくないな？」

「なにか仕事があるのでしょう」

母はサラを膝のうえに乗せて、抱きしめながら、頭を優しく撫でていた。

サラの耳がピクピク動く。

「ダーウは元気だなぁ」

馬車に乗れないと聞いたとき悲しそうな顔をしていたダーウは、今は楽しそうにはしゃいでいる。

馬車と並走して、たまに先行して戻ってきたり、右に行ったり左に行ったり楽しそうだ。

馬車の通行の邪魔にみえるのだが、御者は慣れた様子で馬たちに指示を出している。

従者たちと、従者が乗る馬たちもはしゃぐダーウをあまり気にしていないようだ。

「それにしても、うまはダーウをこわがらないのだな？」

「いつも散歩のときに遊んでいるから仲が良いのよ。馬もきっと変わった姿の仲間だと思っているに違いないわ」

「……そ、そうだったのか」

ダーウの知られざる一面だった。

たしかに、ダーウは馬ぐらい大きい。馬が仲間だと思ってもおかしくないのかもしれない。

——ぐきゅるる
そのとき、あたしのお腹がなった。

あたしがお腹が空いているということは、サラもお腹が空いているに違いない。

「サラ、お菓子をたべるといい」

「おかし……」

「えっと。たしか……」

「お嬢様、少しお待ちを」

あたしが荷物の中からお菓子を探そうとしたら、侍女がすぐに取り出してくれた。

マリオン用の消化に良いお菓子以外のものも持ってきたのだ。

侍女がお菓子の箱をあけて、サラの前に差し出す。

美味しそうなクッキーがたくさん入った箱だ。

「えっと……」

サラは不安そうにあたしの顔を見て、それから母の顔を見た。

本当に食べて良いのか、不安なのだ。

きっとお菓子関係の嫌がらせもされていたに違いない。

前世のあたしも、三日絶食させられているさなか、目の前でお菓子を食べる等の嫌がらせを何度もされたものだ。

「美味しいわよ？　どうぞ食べて」

「はい！」

サラは嬉しそうにクッキーを手に取って食べ始めた。

とても可愛い。

「いっぱいたべるといい。ぜんぶたべていい」

「ルリアさまは、たべないの？」

「るりあは、あさごはんを、たくさんたべたからなー」

恰好つけてそう言ったのだが、

——ぎゅるるるる

再び盛大にお腹が鳴った。

「……ルリアも食べなさい」

「あまり、お腹がすいてないからな？」

「いいから、みんなで食べた方が美味しいわ。たくさんあるのだし」

そういって、母もクッキーを一つとって、口に入れる。

「美味しいわよ。あなたも食べて」

「ありがとうございます」

侍女もクッキーを食べて「あら、美味しいですね」と驚いている。

「ル、ルリアもたべる」

「どうぞ」

「……うまい！　いつもよりうまい」

解呪したからか治癒魔法を使ったからか、その両方のせいか。

あたしはとてもお腹が空いていた。


マリオンの呪いは無事解くことができた。

呪いにむしばまれていた体には治癒魔法をかけることができた。

今は体力が落ちているが、食べて寝れば、マリオンは絶対元気になる。

元気になれば、サラもマリオンと一緒に暮らせる。

「サラ。マリオンが元気になるのが楽しみだなぁ」

「うん。楽しみ」

母の膝のうえにいるサラは棒の人形をぎゅっと抱きしめた。

クロにあとでどうして、マリオンの病が呪いだと教えてくれなかったのか聞いてみたい。

「ふむ〜」

あたしは馬車の天井を見る。二本の尻尾が揺れていた。

どうやら、クロは天井にいるらしい。

話したいが、今は母と侍女がいるので難しい。

家に帰ったら、お風呂に入ってご飯を食べて、サラを寝かしつけよう。

一緒の布団でぎゅっとサラを抱っこして一緒に眠ろう。

あたしはお姉さんなのだから。

その後、クロとお話ししよう。クロは色んなことを教えてくれるに違いない。


みんなでクッキーを食べていると、馬に乗った従者の一人が追いかけてきた。

「……む？」

従者の一人は馬車に並走し、窓をノックした。

どうやら火急の用があるらしい。

「どうしたのかしら？」

小窓を開けて母が尋ねると、

「男爵が赤痘を発症しました」

「……っ」

母は表情を変えて、息を呑む。

「本邸には戻りません。湖畔の別邸に向かいます」

「御意」

「あなたたちも、本邸の者に接触してはいけません」

「御意」

「手紙を出しましょう。馬車を止めて。いま認《したた》めるわ」

馬車を止めると、母はサラをあたしの横に移動させて、携帯用の文机で二通の手紙を認める。

母は文字を書くのが速かった。

「かあさま、じをかくのがはやいのだなぁ」

「母は、普段から、たくさん書かないといけないことがあるのよ」

とても速いのに、書かれた文字はものすごく綺麗だった。

「これをグラーフに。もちろん――」

「接触しない方法で届けます」

特別な護衛なので、軍事的な作戦を伝える際に使う手段など、色々とあるのだろう。

「お願いね。こちらは別邸の管理人に」

「畏まりました」

従者の一人が走り去ると、窓を開けて残った従者と御者に向かって母は言う。

「男爵が赤痘を発症したということは、私たちにうつった可能性があります」

「なんと……」「わふぅ!?」

侍女は顔を真っ青にして、窓から鼻だけ突っ込んでいたダーウが不安そうに鳴いた。

「グラーフやギルベルト、リディア、それに皆にうつすわけにはいかないわ。しばらく、本邸の近くにある別邸で過ごします」

「かしこまりました」

侍女は思い詰めた表情で頷いた。

「せんぷくきかんはどのくらいなの？」

「五日ね。潜伏期間なんて、ルリアは難しい言葉を知っているわね」

「いつかかー。いがいとみじかいのだなー」

「そうね。たった五日。発症しなければすぐに本邸に戻れるわ。安心して。あなたたちには特別な手当が出るから」

「それは楽しみです」

従者の一人が強がるように、笑顔で言った。

そのとき、

『返事はしなくていいのだ』

馬車の天井から逆さまになったクロが上半身だけだした。

『さっきも言ったけど、男爵は赤痘じゃなくて、赤痘にみえる呪いだから安心するのだ』

「……そっかー」

『マリオンにかけた呪いが、男爵にかえっただけ。ルリア様たちにはうつらないから安心なのだ』

「ふむう」

『とりいそぎ、ご報告まで！　なのだ！』

それだけ言うとクロは頭を引っ込めた。

うつらないなら、安心だ。

とはいえ、大丈夫とあたしが言っても信じて貰えないだろう。

それにあたしは湖畔の別邸には行ったことがない。楽しみだ。

「サラ、だいじょうぶだよ」

「……うん」

それからあたしたちはいつもの屋敷に戻らずに、大公家の別邸へと向かうことになった。

エピローグ

湖畔の別邸から少し離れた日の当たらない場所に小さくて幼い赤い竜がいた。

「ぎひゃぁぁぁ」

赤い竜が悲鳴をあげる。

それは（いたい、くるしい、どうしてこんなことをするの）という言葉にならない叫び。

赤い竜は自分がこれほどひどい目にあうのか理解できず、怖くて痛くて悲しくて、ただ泣いた。

泣きわめく赤い竜を、おぞましい力が苦痛を与えながら拘束している。


赤い竜は、ダーウやコルコと同じように精霊王のもとに向かって走っていた。

そこを悪しき者に捕らえられたのだ。


「ぎゃらあぁぁぁ」

もう少しで温かくて優しく懐かしい精霊王《ルリア》に出会えるはずだったのに。

悲しさと痛さと辛さに泣きながら、赤い竜は自分を侵食しようとするおぞましい力に逆らう。

「ぎしゃあああ」

精霊王《ルリア》のもとに向かうため、体を引きちぎる勢いで拘束から逃れようとした赤い竜に、

――ガガガガガガラァ
強力な呪いの鎖が巻きついた。その鎖は赤い竜の全身を覆い隠す。

同時に鎖から呪詛が流れ込んでくる。

『どうして、自分だけがこんな目にあわなければならないのか。痛い、苦しい。憎い』

さきほど、赤い竜が抱いた感情に似ているが、より強く深かった。

「ぎゅううう……」

不可視の鎖は赤い竜の思考と体を侵食していく。

赤い竜の体は金属光沢を放つ謎の物体へと変質していき、思考は呪詛に埋め尽くされる。

「…………ぎゃ」

だが、思考が呪詛に支配されそうになった最後の瞬間。

赤い竜は近づいてくる精霊王《ルリア》の気配を感じた。

それは、とても懐かしくて温かい、安心できる気配だった。

書き下ろし短編　五か月　ダーウ、初めての散歩

ルリアが生後五か月になった頃。ダーウは毎日、ルリアの部屋の中で大暴れしていた。

「がうがうがうぅ！」

ルリアの枕を咥えると、ダーウはぶんぶんぶんぶんと振り回す。

「きゃっきゃ！」

それをみて、まだハイハイがうまくできないルリアは大喜び。

喜ぶルリアをみて、益々ダーウは興奮する。

赤ちゃんと子犬が仲良く遊んでいるだけ。普通に考えれば、とても可愛い光景だ。

だが、ダーウはなぜかでかい。五か月なのに、もう大型犬ぐらいある。

子犬のいたずら心と、好奇心の強さと、すぐ興奮する性質を持った大型犬。

いってみれば、体は成犬、頭脳は子犬である。


ダーウが大暴れして遊んでいるとアマーリアがやってきた。

「わふわふぅ」

ダーウは嬉しそうにアマーリアに飛びついて顔を舐める。

「…………なんとか……したほうがいいわね？」

ダーウの顔を押しのけて、アマーリアは部屋の様子を窺う。

枕はもうボロボロだ。寝台の足もかみかみしてボロボロだ。

どうやったのかわからないが、床板や壁紙も一部が削れている。

「申し訳ありません。何度も止めてはいるのですが……」

乳母が申し訳なさそうに言う。

乳母はいつも「止めなさい」「しずかにするの」「振り回したらだめです」と教えている。

教えられた直後はダーウは「わふぅ？」と神妙な顔をしているのだが、

「がうがうがうがう！」「きゃっきゃ」

十五分後には忘れて、ルリアと一緒にはしゃぎ始めるのだ。

騒いでいる間はまだましだ。止めることができるのだから。

先日、やけに静かだと思ったら、ダーウは寝台の足を無心でガシガシ噛んでいた。

壁や床、家具の破損は、静かに行なわれることが多い。

最近では、ダーウが静かだと、皆不安になるほどだ。

「枕を犠牲にして、なんとか……被害を抑えようと……」

家具を噛んではいけません。床を掘ろうとしてはいけません。

壁の向こうにおやつはありません。壊したらダメです。

布団も掘ったらダメです。綿が出て台無しになります。

乳母や侍女、そしてアマーリアも教えているが、ダーウはすぐに忘れる。

だから、最近は枕ならいいよと言っている。

布団を台無しにされたり、家具や床や壁を壊されるより枕が破壊される方がましなのだ。

「このままでは……」

「わふわふわふわふわふわふ」

「まずい……わね」

「わふわふわふ」

大好きなアマーリアが来たことでダーウの興奮は止まらない。

跳ねて跳ねて、ぐるぐる回る。子犬なら可愛いものだが、体格は大型犬なのでかなり大変だ。

「……体力を使わせましょう。誰か！」

「はい。奥方様、どうなされましたか？」

アマーリアの声を聞いて、侍女の一人がすぐに来る。

「犬の扱いに長《た》けた者に、ダーウの散歩をお願いするわ」

「畏まりました」

「すぐによ？　いますぐに。あ、体力がある者でなければだめよ？」

「畏まりました」

侍女が去って行くと、アマーリアは言う。

「きっと、力が有り余っているのよ。ダーウにこの部屋は狭すぎるわ」

「わふ〜？」

「きっとそうなのでしょうね」

乳母は疲れた表情でそう呟いた。


五分後、一人の若い従者がやってきた。

「ご用命でしょうか！」

まだ十代にみえるほど若いが、身長は高く体は大きい。

「ダーウの散歩をお願いしたいの」

おやつで落ち着かせたダーウを撫でながらアマーリアは言う。

「散歩ですね、お任せください」

「あなた、犬の扱いは？」

「実家で大型犬を飼っておりました」

「それは素晴らしいわね。たっぷりと時間をかけて散歩してあげてちょうだい」

従者に指示を出しながら、アマーリアはダーウに首輪をつけていく。

「わふぅ？」

「だめ。首輪はおやつではないの、じっとして」

普段、ダーウは首輪をつけていないのだ。

おやつだと思って、臭いを嗅ぎに来たところを止めて、アマーリアは首輪をつけていく。

「わふ？」

「リードもつけて……」

「奥方様。首輪もリードも立派ですね」

アマーリアの手元を見ていた乳母が感心したように言う。

「グラーフが張り切ったのよ。ダーウはルリアを守ったでしょう？」

「勲章の代わりでございますか？」

「そうね。首輪もリードも魔物の革を使っている高級品よ。っと、これでいいわね」

アマーリアは首輪をつけ、リードもつけてから、ダーウをわしわしと撫でる。

「ダーウ。このお兄さんと外を散歩していらっしゃい」

「わふ？」

「お願い。ダーウはルリアの大切な犬だから、優しくね」

「畏まりました」

「ダーウが望む限り、何時間でも走らせてあげて」

「体力には自信があります、お任せください！」

「ダーウ、ほら、散歩にいってらっしゃい」

「わふぅ～」

ダーウはルリアの寝台に駆け寄ると、柵に前足をかけて尻尾を勢いよく振った。

「きゃっきゃ、だーう～」

ダーウを見てルリアが嬉しそうにはしゃいでいる。

「きゅーん、ぴぃ〜」

柵に前足をかけた状態で、ダーウは甘えて鳴きながらアマーリアを見た。

まるで「早くルリアを抱っこして？　散歩いけないでしょ？」と言っているかのようだ。

「散歩に行くのはダーウだけよ。ルリアはお留守番」

「……わふ！」

ダーウは動かず「いいからルリアを抱っこして一緒に行こう」と言っているかのようだ。

「……まあ、ダーウも散歩に行けば、楽しくなるでしょう。連れて行ってあげて」

「わかりました。ダーウ、いくよ！」

従者がリードを引っ張った。

従者は日々鍛錬を重ねる体格の良い若い男だ。

ダーウは犬にしては大きい方だが、従者の方がまだずっと重いし大きい。

「…………」

だが、ダーウは必死に無言で抵抗する。

四本の足で踏ん張って、リードを引っ張る力に耐えている。

首輪のせいで、顔がぎゅむっとなっていた。

「どうしましょう。動きません」

従者が力を込めて引っ張るが、ダーウはてこでも動かない。

「ダーウ。困らせないの。ルリアは赤ちゃんだから一緒に行けないの」

「ぅぅ～」

顔をぎゅむっとさせたまま、ダーウは唸る。

ルリアと一緒でないと散歩に行かないと主張しているようだ。

「ダーウ、唸らないの」

「どうした？　まだ散歩にいっていないのかい？」

そこにグラーフがやってくる。

グラーフはアマーリアが散歩する人員を手配したことを知っている。

ダーウの初めての散歩が上手くいったか、ルリアの顔を見るついでに確認しに来たのだ。

「だ、旦那様」

ダーウを引っ張っていた従者は慌てて、頭を下げた。

「聞いて、グラーフ。ダーウが散歩に行きたがらないの」

「犬なのに珍しいね」

「元気が有り余っているダーウを、疲れさせるために散歩させようと思ったのだけど」

「わふわふ～」

頭を下げたことで従者のリードを引っ張る力が緩んだ。

それを幸いにダーウはグラーフに甘えにいく。

体を押しつけて、頭をグラーフの手の下に持っていった。

「どうした、ダーウ。散歩がいやなのか？」

グラーフに撫でてもらうと、ダーウはルリアの寝台に前足をかけて尻尾を振る。

「わふぅ～」

「どうやら、ダーウはルリアと一緒に散歩に行きたいみたいなの」

「わわふう」

「そうか、ダーウは忠犬だな。偉いぞ」

グラーフはダーウを撫でる。

「だが、大丈夫だ。今はルリアを守る者が沢山いるからね。安心して散歩に行ってきなさい」

ダーウはじっと窺うようにグラーフを見た。

「大丈夫だよ。……不安ならルリアを執務室に連れて行って、目の届くところに置いておこう」

「わふ？」

「ああ、本当だとも」

少し考えた様子を見せた後、ダーウは走り出した。

「おおっと、いってまいります！」

リードを引っ張られ体勢を崩しながらも、見事な身のこなしで、転ばずに従者は走り出す。

「わふぅわふう～」

はしゃぐダーウのあげる声が、どんどん遠ざかっていった。

「……あなた。よくダーウが何を言っているのかわかったわね」

「わからないさ」

そういって、グラーフは笑う。

「じゃあ、どうして？」

「ダーウは忠犬だ。そして子犬だが賢い。ルリアが外に出られない赤ちゃんだということも理解している」

「そうね。私もそう思うわ」

「そう考えれば、ダーウのふるまいが理解できる」

ダーウはルリアと一緒に散歩に行きたかったわけではない。

一生懸命「自分がいなくなったら誰がルリアを守るのだ？」と言っていたのだ。

「さて、ルリア。ダーウと約束したから一緒に執務室に行こうか」

「きゃっきゃ」

グラーフはルリアを抱きあげて、執務室へと向かった。


ダーウは二時間後、疲れ果てた従者を引きずるようにして帰ってきた。

その日から、ダーウは一日二回、二時間ずつ散歩にいくようになった。

その間、グラーフが面倒を見るため、執務室にルリア用の寝台が作られた。

従者達は順番でダーウの散歩を担当し、心肺能力が鍛えられることになった。

従者長は「若い者にとって、いい訓練になります」と喜んだ。
そして、ダーウのいたずらは、めっきりと少なくなり、アマーリアは安堵した。

あとがき

はじめましての方ははじめまして。

他の作品から読んでくださっている方、いつもありがとうございます。

作者のえぞぎんぎつねです。

無事、出版することができました。

読者の皆様のおかげです。ありがとうございます。


さてさて、この作品は私が初めて書いた女の子主人公の作品となっております。

かといって、いわゆる異世界恋愛ジャンルに分類される作品というわけでもありません。


本作品がどういうお話かというと、ルリアという幼女が転生して、幸せになるお話です。

ルリアは精霊や動物たちが大好きなのですが、精霊や動物たちもルリアのことが大好きです。

ルリアは一巻の始めぐらいで幸せになりました。

あとは、ルリアが苦しんでいる人を幸せにするお話になるかもしれません。

そうならないかもしれません。でも、不幸な人が不幸なままでは終わらないお話にはなると思います。

そして、なんと本作品は二巻&コミカライズも決定しているので、こちらも続報をお待ちください！

最後になりましたが謝辞を。

イラストレーターのkeepout先生。本当に素晴らしいイラストをありがとうございます。

ルリアの可愛く元気な感じが素晴らしいです。

ダーウもとても可愛くて、本当にありがとうございます！

担当編集様をはじめ編集部の皆様、営業部等の皆様、ありがとうございます。

本を販売してくれている書店の皆様もありがとうございます。

小説仲間の皆様、同期の方々。ありがとうございます。

そして、なにより読者の皆様。ありがとうございます。

令和五年　水無月　えぞぎんぎつね

るりあは
むしを
げっとした
グー
グー
グー
グー
虫カゴ
(大きい)
この度は本作を
読んで下さり
ありがとう
ございました。
絵も楽しん
頂けていま
様に
2巻も
おたのしみに
イラスト担
keepout

SQEXノベル

転生幼女は前世で助けた精霊たちに懐かれる 1

著者
えぞぎんぎつね
イラストレーター
keepout

2023年8月7日　初版発行

発行人
松浦克義
発行所
株式会社スクウェア・エニックス
〒160−8430
東京都新宿区新宿6−27−30　新宿イーストサイドスクエア
（お問い合わせ）スクウェア・エニックス　サポートセンター
https://sqex.to/PUB
印刷所
中央精版印刷株式会社
担当編集
鈴木優作
装幀
伸童舎

この作品はフィクションです。
実在の人物・団体・事件などには、いっさい関係ありません。

ISBN978-4-7575-8721-2 C0093　　Printed in Japan